Christa Frei S.

Lieb Vaterland ade

Geschichten in Versform

Christa Frei S.

Lieb Vaterland ade

Geschichten in Versform

Bibliografische Information der Deutschen Bibliothek:
Die Deutsche Bibliothek verzeichnet diese Publikation in der
Deutschen Nationalbibliografie; detaillierte bibliografische
Daten sind im Internet unter *http://dnb.ddb.de* abrufbar.

Impressum
© 2013 Christa Frei S.
Satz, Layout und Umschlaggestaltung:
    Keysselitz Deutschland GmbH, München
Umschlagabbildung:
    Vectomart
Herstellung und Verlag:
    BoD-Books on Demand GmbH, Norderstedt
ISBN: 978-3-7322-2666-5

INHALT

Auswandern pur 7
Der Rückwanderer 13
Der unbegründete Verdacht 16
Die ewig Unzufriedenen 23
Die hochgepriesene Freiheit 26
Die Schmarotzer 31
Die Schwatzbase 36
Die Verwechslung 40
Die Dschungelhochzeit 42
Ein kluger Entschluss 54
Eine Zufallsbegegnung 61
Es lebe die Post 64
Friedericks Erbschaft 67
Glück im Unglück 76
Heimat in der Fremde 80
Lust auf Abenteuer 85
Maxels Projekt 88
Ohne Fleiß kein Preis 93
Onkels zweiter Frühling 106
Pick und Zwickel 115
Pioniere der Neuzeit 119
Reise ohne Wiederkehr 123
Tante Trinchen als Vorbild 128
Torschlusspanik 137
Urlaub mit Tücken 142
Vom Regen in die Traufe 149
Western live erlebt 152
Ein Ende mit Schrecken 159

AUSWANDERN PUR

Auswanderung ist oft für viele
das Nonplusultra aller Ziele,
und wenn das Land sie auch nicht kennen,
dort vielleicht ins Unglück rennen.
Auswandern muss man, das steht fest,
die Heimat man den andern lässt.
So dachten dereinst ganz präzise
der Leopold und seine Liese.
Jene damals jung an Jahren
vor lauter Fernweh kaum noch waren.
Man bemühte sich den beiden
ihre Träume auszutreiben.
Ganz besonders Tante Frieda,
denn in der Tat, das war noch nie da,
dass irgendwelche der Verwandten
die schöne Heimat aberkannten,
um in weit entfernten Ländern
ihre Lebensart zu ändern.
Mit Kannibalen Tante drohte.
Mit überhöhter Durchschnittsquote
von verscholl'nen Immigranten,
die kopflos ins Verderben rannten.
Von Seuchen sprach sie, immer wieder,
von Cholera und Tropenfieber.
Doch den beiden wurd' nicht bang.
Tante Friedchens Plan misslang.
Man war bereit, man wollte starten,
ob mit Erfolg blieb abzuwarten.
Nach langem Reisen hin und her,
durch Tropenländer kreuz und quer
sie endlich dann am Fuß der Anden

d a s, wonach sie suchten, fanden:
Ein paar Morgen gutes Land
mit einem reichen Baumbestand,
ein kleines Häuschen, recht bescheiden,
umringt von satten, grünen Weiden.
Die erste Zeit war mächtig schwierig.
Doch Lies und Poldi recht begierig
mit Tatendrang und jungem Denken
auf guten Weg die Schritte lenken.
Von Ackeranbau hatten beide
ein wenig Ahnung, doch beim Eide,
die Tropenlandwirtschaft hat Tücken
und ständig will dir was missglücken.
»Vorsicht« stand bei allen Dingen
Pate für ein gut Gelingen.
Lies und Poldi kämpften wacker
sich durch Mais- und Bohnenacker.
Pflügten, säten, pflanzten tüchtig,
denn gutes Futter, das war wichtig.
Doch konnten sie an manchen Tagen
die Tropenhitze kaum ertragen,
und nur mit Seufzen und mit Stöhnen
war Ackerarbeit noch zu frönen.
Ungeziefer und Insekten
durch ihre Vielfalt sie erschreckten.
Nebst den typischen Exoten,
die Natur und Mensch bedrohten,
gab es viele Artverwandte
von solchen, die man eh schon kannte.
Vom erträumten Paradiese,
dacht' besonders sich die Liese,
gab es nicht die kleinste Spur.
Im Gegenteil, 's war Frondienst pur!
Um Bedenken zu zerstreuen,

erfand der Poldi stets von Neuem
bunte Fantasiegeschichten,
um nach Hause zu berichten.
In allen Farben schildert er,
wie herrlich schön das Leben wär'
im Land, wo Milch und Honig floss,
woraufhin Tante sich entschloss,
ganz spontan und ungebeten
eine Reise anzutreten.
Da hat er's nun mit seinem Prahlen,
Leopold litt Höllenqualen.
Denn längst noch war man nicht so weit,
um mitten in der Aufbauzeit
Urlaubsgäste zu empfangen.
Dies konstatierte man mit Bangen.
Doch nach dem allerersten Schrecken
war einiges wohl auszuhecken,
und dann, nach ein paar Tagen schon,
befand man sich in Vollaktion.
Vieles war ins Aug' zu fassen.
Die Gänse mussten Federn lassen,
denn wenigstens ihr Daunenkissen
sollt' Tante Friedchen nicht vermissen.
Liese nähte stundenlang
dann auch noch Baumwollspitzen dran.
Ein Wasserklo stand zur Debatte,
denn d a s, was bis zur Stund' man hatte,
war Tante Friedelchen, der Guten,
in keinem Falle zuzumuten.
So werkte man denn selbstvergessen
von früh bis abends wie besessen
stetig und mit viel Bravour
an einem Stückchen Wohnkultur.
Die Wäschekammer von der Liese –

durch Umgestaltung wurde diese
mit Fantasie und viel Geschick
zu einem wahren Meisterstück
der wohnlichen Behaglichkeit,
worüber Lies sich diebisch freut.
Tantes Kommen, recht gelegen,
war für sie der reinste Segen,
denn längst schon war es an der Zeit
für etwas mehr Bequemlichkeit.
Der Garten war vor allen Dingen
noch auf Vordermann zu bringen.
Jener hat, ganz unbestritten,
durch das Drum und Dran gelitten.
Schade, dachte sich die Liese,
denn am liebsten hätte diese
den ganzen Haushalt umgekrempelt
und damit die Zeit verplempelt.
Poldi war des Budgets wegen
aber ganz und gar dagegen.
Er fand, für mehr Bequemlichkeit
wär' später alleweil noch Zeit.
Seine letzte Inspektion
in und um die Hausregion
brachten hier ein Möbelrücken,
da noch ein Zurechtedrücken,
ab und zu ein Stäubchen wischen,
Unkraut zupfen und dazwischen
ein paar frische Blumen pflücken,
ums Marieneck zu schmücken.
Nach einigen nervösen Runden
wurd' alles dann für gut befunden.
Die Frist lief ab, die Tante kam
und trotz Strapazen mit Elan.
Alles in dem fremden Land

sie äußerst faszinierend fand.
Selbst den fehlenden Komfort,
wär's an einem andern Ort,
mit Sicherheit sie kritisierte,
dort heroisch akzeptierte.
In ihrem neu gefund'nen Glück
dacht' keineswegs sie ans Zurück.
So landeten wie einst vom Neffen
auf dem Postamt Oberpfäffen
für Onkel, Freunde und Verwandte
nun auch noch Briefe von der Tante,
in fast derselben Schreibversion
wie beim Leopolden schon.
Der Onkel ziemlich indigniert
zu Haus' recht kräftig lamentiert.
Doch was könnte man denn nun
gegen Onkels Ärger tun?
Würd' mit Strenge es gelingen,
Friedelchen zurückzubringen?
Am allerklügsten wär's, zu reisen
an Ort und Stelle ihr beweisen,
wer die strammen Hosen trug,
denn schließlich war er Manns genug,
zu wagen, was auch Frieda wagte,
auch wenn's ihr vielleicht nicht behagte.
So kam es wie es kommen musste.
Nach ein paar Wochen kam dann juste
auch der Onkel ziemlich dreist
mit Sack und Pack dahergereist.
Den ganzen Tag nun werkelt er
auf Poldis Hofstatt hin und her.
Wie zu Hause, recht gelungen,
verteilt er seine Anweisungen
mal dem Poldi, mal der Liese,

die sich beide über diese
gut gemeinten Dreistigkeiten
amüsieren und erheitern.
Und wahrhaftig, man konnt's sehen,
Onkel Karlchens Mordsideen
brachten bald schon, ohne Frage,
Fortschritt und Erfolg zutage.
So nach und nach und recht gewandt
nahm er das Zepter in die Hand.
Von Heimkehr gab es keine Spur,
am Ende wurd's »Auswandern pur«.
Ein Jugendtraum konnt' sich erfüllen
und endlich seine Sehnsucht stillen.

DER RÜCKWANDERER

Nach Auslandsjahren, vollen sieben,
wär' Otto gerne noch geblieben.
Er hat sein Herz im Land verloren,
die Kinder wurden dort geboren.
Es war ein Leben voller Glück,
und eigentlich war das Zurück
für ihn ein ungewolltes Müssen.
Es war ihm grad, als müsst' er büßen
für die gute, schöne Zeit
in stetiger Zufriedenheit,
die er fern vom Vaterland
in jenem fremden Lande fand.
Für Otto war schon damals klar,
dass es nicht für immer war.
Sieben Jahre schienen lang.
Nun plötzlich wurd's ihm angst und bang,
wenn er an die Zukunft dachte,
was mulmige Gefühle brachte,
denn sicher waren viele Arten
von Schwierigkeiten zu erwarten.
So war's denn auch – und zwar ganz zünftig.
Die Rückkehr war für Otto künftig
alles andere wie lässig.
Ungemütlich, äußerst stressig
verlief die Zeit in schiefen Bahnen,
ließ allerlei Konflikte ahnen.
Zuallererst war es die Gattin.
Jene bracht' es äußerst glatt hin,
dass ihm graue Haare sprossen.
Täglich kämpfte sie verdrossen
und mit wachsendem Rigor,

um ein Dasein wie zuvor.
Entwicklungshilfe war gewesen.
Fortan wurden alle Spesen,
da man nicht mehr so betucht,
vom Gesparten abgebucht.
Für Kindermädchen und dergleichen
wird es künftig nicht mehr reichen.
Tunlichst hat er unterschlagen,
wie die Dinge wirklich lagen.
Wohnung, Kleidung und das Futter
gab es von der Schwiegermutter.
Während Ottos Gattin schmollte,
wieder in die Heimat wollte,
die Kinder alles nur bemängelten,
heftig um die Wette quengelten,
und die Mutter händeringend
über ihren Schatten springend
Ottos Anhang tolerierte,
damit es nicht zum Chaos führte,
kämpfte er als Hauptperson
um einen Job mit gutem Lohn.
Das taten aber eben viele,
doch wie schwer kam man ans Ziele!
Auch *er* war einfach nicht gefragt.
Täglich, eh es richtig tagt,
war Otto schon im Internet
zu seh'n, ob jemand Arbeit hätt'.
Sieben Jahre, bis zuletzt,
wurd' er geachtet und geschätzt,
und nun in seinem eignen Land
er keine Anerkennung fand.
Trotz der guten Referenzen.
So hat halt alles seine Grenzen.
Der Otto machte nicht mehr mit,

ging gezielt zum nächsten Schritt.
Frieden, Freude, Eierkuchen
wollt' er haben und versuchen,
jene schöne Auslandszeit
mit Mut und Eigenständigkeit
schön gemächlich, ohne hetzen,
doch kurz entschlossen fortzusetzen.
Mit einem kleinen Kapital
konnte man noch allemal,
ziemlich sparsam, zugegeben,
aber doch zufrieden leben.
Diesmal ohne Spitzenlohn
in eigenständiger Aktion
durch Selbstversorgung auf dem Land
hoffend, dass er wieder fand,
was ihm schon verloren schien.
So war es aber immerhin
partout wie ein Nachhausekommen.
Die Zukunftsangst wurd' ihm genommen.
Noch heute leben sie zufrieden.
Vom Frust ist nichts zurückgeblieben,
denn mit Mut und eigner Kraft
hatte Otto es geschafft!

DER UNBEGRÜNDETE VERDACHT

Durch immerwährendes Gestichel
haben Hansi und der Michel
mit Freundschaft dato nichts am Hut
und in letzter Zeit, da tut
sich wieder einmal etwas regen,
was zu einem Freundschaftspflegen
nun wirklich nicht geeignet ist.
Doch zu dauerhaftem Zwist
kommt es sicherlich mitnichten.
So wäre vorerst zu berichten
und mit kurzen ungefähren
Schilderungen zu erklären,
wie es kam, dass Hans und Michel
aus dem schönen Oberbichel
sich in Dschungels Nähe wagten,
nun ständig über Hitze klagten.
Auswanderung war nicht geplant,
aber wie's so ist, man ahnt
ja nie, was einem dort erwartet.
In die weite Welt gestartet
sind sie einst durch ungeheuer
große Lust auf Abenteuer.
Der stärkste Grund, warum man bleibt,
denn meistens geht man unbeweibt
auf eine Abenteuerreise,
ist auf ganz normale Weise
einem Umstand zuzuschreiben,
der dich praktisch zwingt zu bleiben.
Man verliebt sich kolossal,
und so wird mit einem Mal
die Rückkehr in sein Heimatland

in den Hintergrund verbannt.
Durch eine höhere Gewalt
wird ein Daueraufenthalt
fern vom schönen Oberbichel
für den liebeskranken Michel
geradezu zu einem Zwang.
Der Hansi aber wird bislang
von einer Liebelei verschont.
Ob es wirklich sich verlohnt
immerzu und ewig fort
an einem und demselben Ort
müßig nur herumzuhängen,
die Abenteuerlust verdrängen,
da ist sich Hansi nicht im Klaren.
Unmut tut sich offenbaren.
Aber nicht für lange Zeit,
denn das Schicksal hält bereit,
was schon lange fällig war.
Auch *er* beginnt ganz wunderbar,
ohne stark sich zu bemühen,
durch große Liebe aufzublühen.
So wird das Schicksal denn besiegelt.
Herausgeputzt und voll gestriegelt
geht's in Richtung Traualtar.
Die Abenteuerlust, die war
mit einem Male - schwupp - verschwunden.
Ruhe hat sich eingefunden.
Für den Hansi und den Michel
sind nun Harke, Pflug und Sichel
für viele Jahre von Belang.
Zu ausgeprägtem Müßiggang
kommt es bei den beiden selten.
Trägheit lassen sie nicht gelten.
Nun kommt es bei den Ziegenherden

neuerdings zu den Beschwerden,
wie am Anfang schon beschrieben,
durch einen nicht gar übertrieben
netten Bock von der Umgebung.
Das bringt kämpferische Regung
in germanische Gemüter.
Beide haben ihre Güter
mit starkem Stacheldraht gezäunt,
wobei keiner je versäumt
zur Kontrolle all die weiten
Weideflächen abzuschreiten.
So kommt's, dass jener Bock ganz »stierig«,
zielbestrebt und äußerst gierig
beginnt, sich rüde zu gestatten,
fremde Ziegen zu begatten.
Für dieses flotte Unternehmen
geht er auf für sich bequemen
Pfaden stracks und höchst erdreißend,
Draht und Pfähle mit sich reißend,
äußerst wild und rigoros
auf die Ziegendamen los.
Das ist wahrhaftig echt verdrießlich,
äußerst ärgerlich, denn schließlich
zäunt man ja sein Landrevier
nicht einfach so und nur zur Zier.
Keine Zäunung bei den Geißen
würde Stress en masse verheißen.
Statt Freude an den lieben Tieren
würde man die Lust verlieren.
So ist es – zwar nur halb verständlich,
dass der Michel durch das schändlich
malträtierte Drahtgeflecht,
in höchster Rage regelrecht,
den armen Hansi unbedacht

zum miesen Übeltäter macht.
Herrje! Das ist ein starkes Stück!
Er gibt's dem Michel just zurück
gerade so, wie's ihm gefällt.
Der zorngelad'ne Hansi hält
sich nicht an pure Höflichkeiten,
lässt zum Grobsein sich verleiten.
Der Michel weiß, zwar unversöhnlich,
dass der Hansi nicht persönlich
am Stacheldraht Rabatz getrieben.
Aber unter seinen Ziegen
gibt es ein paar mächtig wilde,
wie die schwarz gefleckte Hilde
und die kaffeebraune Rose.
Auch Gretel ist für zügellose
Machenschaften schon berühmt.
Jene öfter unverblümt
mit dem Milchgeschirr gezielt
und recht verwegen Fußball spielt.
Doch eine solche Mordszerstörung
bringt selbst *sie* noch zu Empörung.
So will das aber nun nicht heißen,
dass von Michels lieben Geißen
nicht auch jene oder diese
zu Unfug sich verleiten ließe.
Es ist gehauen wie gestochen.
Die Zwistigkeit bleibt ungebrochen,
denn es ist noch längst nicht klar,
wer der Übeltäter war.
Das gegenseitige Belauern
wird noch eine Weile dauern.
Spätestens bis sie beginnen
sich nach reichlichem Besinnen
Fremdverschuldung zu vermuten.

Durch Sinnesänderung geruhten
die beiden beinah zeitengleich
auf den äußeren Bereich
ihres Stacheldrahtgeflechts –
der eine links, der andre rechts –
sich künftig mehr zu konzentrieren.
Doch zu einem Jubilieren
kommt es vorderhand mitnichten.
Noch ist kein Erfolg zu sichten,
und der Strolch kommt nicht zu Fall.
Der Ziegenbock bleibt strikt am Ball
und begeht die Missetaten
in unberechenbaren Raten
einmal hier, dann wieder dort,
stetig und in einem fort,
mal am Morgen, Mittag, Abend.
Immer ungeduldig trabend
bleibt er fix bei seinem Stil,
es wird ihm einfach nicht zu viel.
Die beiden, Hansi und der Michel,
lassen Harke, Pflug und Sichel
für kurze Zeit unangetastet.
Diese Mordszerstörung lastet
doch ungemein auf ihren Häuptern.
Die Ziegen fangen an zu meutern
und beginnen durch die Lücken
nacheinander auszurücken.
Das bringt Michels Kindersegen
und auch den vom Hans zum Regen.
Und zwar eifrig, wie besessen,
der Lage durchaus angemessen.
Nach geraumer Zeit gelingt,
was wieder Zucht und Ordnung bringt.
Während sie die Zäune flicken,

wird das stete Überblicken
der verschiedenen Regionen
zu einem baldigen Belohnen.
Durch die jugendlichen Späher
kommt Erfolg nun nah und näher.
So wurd' endlich dann gesichtet,
was Drahtgeflecht zugrunde richtet
und nicht zuletzt, ganz unverschämt,
dafür sorgt, dass man sich grämt.
Auf Hansis und auf Michels Weiden
gibt's, um Gerammel zu vermeiden,
für Ziegenböcke keinen Platz.
Ein geeigneter Ersatz
findet sich in jedem Fall
in des Nachbars Geißenstall.
Dieser hat fünf an der Zahl
individuell zur Wahl,
was Hansi und der Michel wollen.
Eigentlich müsst' Dank man zollen
jenem Fremden, äußerst Wilden,
der in verbotenen Gefilden
eifrig und mit aller Macht
Trächtigkeit en masse gebracht.
So muss man auch das Gute sehen.
Mit der Geiß zum Geißbock gehen
ist ein leidig Unternehmen.
Hinwärts geht es mit extremem
schnellem Laufen hin zum Bock.
Heimwärts muss man oft den Stock
zu wiederholtem Einsatz bringen,
um die kesse Geiß zu zwingen,
statt sehnsuchtsvoll zurückzublicken,
sittsam, stramm und ohne Zicken
sich den Weiden zuzuwenden,

das Unternehmen zu beenden.
Statt stetig Drahtgeflecht zu flicken,
bleibt man, um die Geißen zu beglücken,
doch lieber künftig aber schon
bei der üblichen Version.
Der wilde Übeltäter wird
mit Nachbars Segen liquidiert.
Und Frieden macht sich wieder breit,
bis zur nächsten Streitigkeit!

DIE EWIG UNZUFRIEDENEN

Wer Auswanderung ins Auge fasst,
weil's Vaterland ihm nicht mehr passt,
und glaubt, in ferner Hemisphäre
das Leben zehnmal besser wäre,
dort alles wie am Schnürchen laufe,
kommt vom Regen in die Traufe.
Genau so ging es, wie es schien,
auch dem lieben Augustin
und seiner Gattin, der Sibylle.
Durch eine riesenhafte Fülle
von steter Unzufriedenheit
war man allzu schnell bereit,
diesem Zustand zu entgehen
und anderswo sich umzusehen
nach etwas, das sie immer suchten.
Und eben dessentwegen buchten
die beiden heimatabgewandt
einen Flug in's ferne Land.
Schon bei näherer Beäugung
kam es prompt zur Überzeugung.
dass d a s ,was man zu finden glaubte,
ihnen keineswegs erlaubte,
froh und wohlgemut zu sein.
Es entpuppte sich als Schein.
Allein die drückend schwere Schwüle,
war wie Wasser auf die Mühle
der steten Unzufriedenheit.
So war im Nu man schon bereit
das Unternehmen zu bereuen.
Nein wahrhaft! Zu einem Freuen
kam es nur durch Kleinigkeiten,

aber wahres Glück bereiten
konnten diese Dinge nicht.
Zufriedenheit fällt ins Gewicht.
Doch wo war die denn zu finden?
Wenn daheim nur in gelindem
Maße sie vorhanden war,
wie sollte sie denn ganz und gar
im fremden Land zu finden sein?
Die beiden kamen überein,
dass in die Berge hoch zu ziehen,
um der Hitze zu entfliehen,
die allerbeste Lösung wäre.
In jener Hochlandatmosphäre
man in angenehmer Kühle
ganz sicherlich sich besser fühle.
So war's gedacht – doch weit daneben!
Das Allgemeinbefinden heben
konnt' der Klimawechsel nicht.
Im Gegenteil, die Zuversicht
im Hinblick auf die hohen Wipfel
wurd' zum absoluten Gipfel
der schnöden Unzulässigkeit.
Es ging ein ganzes Stück zu weit,
zumal die H ö h e sich zur Kälte
unangenehm dazugesellte.
Das Atmen wurde immer schwerer,
die Glieder ebenfalls, je näher
man dem geplanten Ziele kam.
Das Schicksal setzte alles dran,
um die beiden zu vergrämen.
Als nächste Variante kämen
noch die Mittellandregionen
zu einem eventuellen Lohnen.
Gut, sie in Betracht zu ziehen,

um Höhenkrankheit zu entfliehen.
Man sorgte sich ums Überleben.
Sibylle war total daneben
mit ihrem Allgemeinbefinden.
Für Augustin war ein Verschwinden
hinab ins Tal nicht zu vermeiden,
da auch er mit ein paar Leiden,
auf lange Zeit nicht annehmbar,
unangenehm belastet war.
So wurd' der schnelle Bergabstieg
zu einem annehmbaren Sieg,
was das Klima anbelangte.
Die Sonne hell am Himmel prangte,
doch die Wärme war echt lässig,
angenehm, nur mittelmäßig.
Man könnte durch das Wohlergehen
getrost nun in die Zukunft sehen,
wenn man es denn wirklich wollte.
Nach ihrer beider Ansicht sollte
für ein dauerhaftes Bleiben
ein paar mächtig große Scheiben
mehr vom Fortschritt allgemein
und unbedingt vorhanden sein.
Sie sind dann aber doch geblieben.
Freilich nicht so übertrieben
enthusiastisch, das ist klar,
aber gar nicht sonderbar,
denn pessimistisch unzufrieden
sind bis heute sie geblieben.
Ohne große Lebenslust
mit Heimatsehnsucht in der Brust.

DIE HOCHGEPRIESENE FREIHEIT

»Freiheit«, hört sich prächtig an.
Destotrotz kann dann und wann
jene auch mal was gefährden
und zu einem Übel werden.
Freiheit ist ja schön und gut,
aber wenn ein jeder tut,
was und wie es ihm gefällt,
oft Unmut sich dazu gesellt.
Freiheit fängt beim Auto an.
Zwar nicht auf der Autobahn,
denn diese ist ja – wohlverstanden -
im Buschgebiet noch nicht vorhanden.
Aber dennoch gibt es Wege,
wo als freier Fahrstratege
man ohne Ahnung von den Regeln
sich bemüht herumzuflegeln.
Kaum einer – und das ist fatal -
gibt irgendwann einmal Signal.
Will man brav sein Auto lenken
muss man für die Andern denken:
»Was will der nur? Schert er jetzt aus
oder will er gradeaus?
Will der Gute jetzt nach links,
und wenn nicht, vielleicht gelingt's
noch schnelle ihn zu überholen.
Nichts wie los und Gott befohlen,
man will ja keine Zeit verlieren,
fängt man an zu manövrieren.
Uff! Es geht noch einmal gut.
Der Mitteleuropäer tut
gewohnheitsmäßig, was er muss,

oft sogar im Überfluss,
denn korrektes Autofahren
kann vor Schaden nicht bewahren.
Im Gegenteil. Das Kuddelmuddel
und immerwährende Gehudel,
das unberechenbare Walten
bringt des Öftern Fehlverhalten.
Freiheit in so vielen Dingen
kann einem auch in Rage bringen.
Wie die Brüder Hans und Franz.
Jene hatten dereinst ganz
und mit völligem Vertrauen
beim geplanten Häuslebauen,
das ist ja wirklich kaum zu fassen,
auf »Meister« Pepe sich verlassen.
Das ging aber just daneben.
Mit einem Sichvonselbstergeben
tut man in gewissen Zonen
nur mit Schaden sich belohnen.
Während sie am Strande lagen,
ohne etwas beizutragen
zur diffusen Bauerei,
war »Meister« Pepe schon dabei,
in kniffeligen und extremen
Dingen sich zu übernehmen.
Mit totaler Unvernunft,
denn er gehörte in die Zunft
der Möchtegernekonstrukteuren.
Durch die Wissenslücke stören
ließ sich »Meister« Pepe nicht.
Auf Erfolg war er erpicht.
Ein jeder musste mal versuchen,
sich möglichst kräftig zu betuchen.
Mit diesen beiden Europäern

könnt' er sich dem Wohlstand nähern.
Pepe wirkte leicht verloren
beim Legen von den Abflussrohren.
Die Wassergriffe saßen schief
und so, dass, wenn das Wasser lief,
nur mit Mühe und mit Not
mit einem schwachen Angebot
an kühlem Nass zu rechnen war.
Die Hähne saßen sonderbar
durch Fehlberechnung angehoben,
statt nach unten, schräg nach oben.
Der Lokus wurde ganz zuletzt
mit großem Aufwand schief gesetzt.
Nach wiederholten Neuversuchen
war endlich dann Erfolg zu buchen.
So stand er zwar, doch recht abnorm,
ging aber absolut konform
mit der gesamten Konstruktion,
die im Allgemeinen schon
der ungefähren Norm entsprach.
»Meister« Pepe aber brach
die Regeln in gar vielen Dingen.
Die Sache vor Gericht zu bringen
wurde für die Brüder später,
aber ohne Übeltäter,
im Breiten, Großen und im Ganzen
zu einer Zeit der Firlefanzen.
Für das örtliche Gericht
bestand für Pepe keine Pflicht,
sich als Niete zu bekennen.
Sich »Meister« in der Baukunst nennen
ist noch lange kein Vergehen.
Mit einem bisschen von Verstehen
von allgemeiner Bauerei

ist man als »Meister« schon dabei.
Ähnlich ist's mit den Friseuren.
Nach einem Haarschnitt sich empören,
wenn der Meister offenbar
mit wenig Ahnung, ganz und gar,
dein Haar wie Ziegenfell behandelt,
deine Schönheit arg verschandelt,
bringt das nur ein Achselzucken.
Allenfalls dann noch ein Jucken
durch unerwünschtes Kopfgetier,
das nur mit einem Elixier
aus fermentiertem Affenkraut,
zu diesem Zwecke angebaut,
effektive Hilfe bringt.
So ist es ratsam, unbedingt
vor einer Sitzung beim Barbier
das Affenkräuterelixier
für die Kur bereitzustellen.
Auch für die Friseurgesellen
gibt's so etwas wie Gesetze.
Solange man dich nicht verletze,
ordentlich, nicht oberflächlich,
ist es laut Gesetz hauptsächlich
eine Sache zwischen dir
und dem lausigen Barbier.
Jeder kann zu jeder Zeit,
alleine oder auch zu zweit,
ohne groß sich zu bequemen
ein Geschäftchen übernehmen;
hat er Spiegel, Kamm und Schere
und, dass keiner sich beschwere,
auch noch ein Friseurdiplom,
das beim Vorbesitzer schon
prunkvoll überm Spiegel hing,

aber eben immerhin,
wie man's hierzulande liebt,
so etwas wie ein Status gibt,
kann er ruhig und gelassen
mit fremden Häuptern sich befassen.
Wir als Mitteleuropäer
haben es ein Stück weit schwerer
mit der Freiheit umzugehen.
Sie immer nur als Vorteil sehen
geht uns gegen die Natur.
Aber immerzu nur stur
nach strikten Regeln zu verfahren,
verliert sich peu à peu nach Jahren.
Man verhiesigt, das ist schändlich,
aber immerhin verständlich.
Das heißt, man passt sich einfach an.
Und wirklich, man tut gut daran,
die Freiheit auch mal zu genießen.
Täte man es nicht, so ließen
sich Dinge nur sehr schwer ertragen.
Ein immerwährend Sichbeklagen
über Freiheit so in Massen,
würde uns verbittern lassen.

DIE SCHMAROTZER

In einer Stadt im fernen Land
gibt es wahrhaft allerhand
eigenartige Gestalten,
die irgendwann mal von der alten
in die neue Welt gekommen.
Von dieser Zunft sind ausgenommen
selbstverständlich alle jene
die durch kluge Zukunftspläne
und ohne davon abzuweichen
ihre Ziele auch erreichen.
Hier geht es um die Ausgeflippten,
die einstens auf die Freiheit tippten,
später durch Verkalkulieren
ihre Illusion verlieren,
die sich nach und nach verflüchtigt.
Mit einem Mal berühmt berüchtigt
wurd' der Ferdinand aus Bremen.
Der hatte dereinst zur bequemen
Lebensweise sich entschlossen,
dabei den Vogel abgeschossen.
Als er sieht, dass mit dem steten
Geldausgeben die Moneten
auf Nimmerwiedersehn verschwinden,
macht nach kurzem Überwinden
er den allerersten Schritt
zum Gesetzesübertritt.
Bei einem Blick zur Kathedrale
kommt ihm just die ideale
Lösung für ein faules Leben.
Er gedenkt, sich einfach neben
dem Lahmen und dem alten Blinden,

die sich täglich dort befinden,
auch gemütlich einzunisten,
um – vor allem den Touristen -
ein paar Pesos abzunehmen.
So muss er sich dazu bequemen,
um Probleme zu vermeiden,
sich entsprechend zu verkleiden.
Sein allerletztes Kapital
reicht gerade noch einmal
für eine schnelle Inversion
hin zum künft'gen Bettlerthron.
Mit weißem Stock und dunkler Brille,
mit altem Schlapphut, wie gar mille
von solcher Art zu finden sind,
mit Schnauz und passender Perücke,
zum kombinieren noch 'ne Krücke,
denn für einen blinden Lahmen
gibt's eher mehr noch abzurahmen,
begibt er sich, wie's ihm gelüstet,
siegessicher ,voll gerüstet,
ohne Skrupel burschikos
auf das Abenteuer los.
Dort mimt er dann auch noch den Stummen,
um allen eventuellen dummen
Fragen aus dem Weg zu gehen.
Es ist Erfolg vorauszusehen,
denn nach der Messe, früh um sieben,
kommt es durch die ersten lieben
Spender schon zu einem Haben
mit den ersten Opfergaben.
So läuft denn alles wie am Schnürchen.
Von Ärger nicht das kleinste Spürchen.
Es ist ja wirklich kaum zu fassen!
Um den Sitzplatz zu verlassen,

wenigstens für ein, zwei Stunden,
um natürlichen, gesunden
Funktionen freien Lauf zu geben
und sich etwas zu beleben,
kommt zur vollen Mittagsstund'
sein Freund, der gute Sigismund,
sozusagen sein Komplize,
denn ohne fremde Hilfe hieße,
das Unternehmen platzen lassen.
So kommt er pünktlich, recht gelassen,
tut als Freund nun auch das Seine
und hilft dem Kumpel auf die Beine.
Frohen Mutes, unbetrübt,
schon seit Tagen eingeübt,
geh'n die beiden Mordskomplizen
nach dem reichlichen Stibitzen
langsam, aber völlig einig,
der eine tastend hinkebeinig,
der andre mächtig überzeugend,
etwas sich nach vorne beugend,
bei der Kirche um die Ecke.
Dort haben sie für ihre Zwecke
eine Bude angemietet,
die ihnen Schutz und Obdach bietet
für die wechselhafte Handlung
der jeweiligen Verwandlung.
Am Abend geh'n sie mächtig munter,
ausgelassen und mitunter
bis in die frühen Morgenstunden
die Bierlokale zu erkunden.
Ein Weilen unter ihresgleichen
lässt vergnügt die Zeit verstreichen.
Probleme gibt es nicht zu lösen
und ein friedevolles Dösen

beim Sitzen vor der Kathedrale
ersetzt den Schlaf doch alle Male.
So geht es viele Wochen weiter.
Immer siegreich, froh und heiter,
bis eines Tages aber dann,
durch w a s auch immer, man begann,
einen Schwindel zu vermuten.
So kommt es juste zum akuten
Ende ihrer Lebensweis'.
Es hat halt alles seinen Preis,
denn nachdem sie aufgeflogen,
sind sie in den Knast gezogen.
Zu den lausigen Gestalten
gehört auch Siegfried, der mit alten,
oft bewährten Handlungsweisen
ebenfalls auf den Geleisen
der Schmarotzer sich befindet,
sich gütlich durch den Alltag windet.
Er spricht französisch, deutsch und englisch,
und keineswegs nur unzulänglich.
Er spricht die Sprachen höchst perfekt.
Gepaart mit seinem Intellekt
geh'n auch höfliche Manieren,
die ihn meist zum Ziele führen.
Täglich sucht er nach Touristen,
um sie prompt zu überlisten.
Durch seine Tränendrüsenmasche
holt so mancher aus der Tasche,
wenn er glaubt, es zu entbehren.
Siegfried kann sich nicht beschweren.
Mit seinen traurigen Geschichten
ist allweil ein Erfolg zu sichten.
Die gleichen Storys, schon seit Zeiten
ein friedlich Dasein ihm bereiten.

Man hätt' ihn schändlich ausgeraubt.
Er sagt es so, dass man ihm glaubt,
in allen möglichen Versionen.
Die Ernte muss sich schließlich lohen.
An ausgeschweifter Fantasie
fehlt es bei dem Siegfried nie!

DIE SCHWATZBASE

Dona Lu wird sie genannt,
auf der Insel wohlbekannt,
weil sie schon am frühen Morgen,
statt ihren Haushalt zu versorgen,
sich auf Schnattertour begibt,
wo es Dona Lu beliebt,
über neue Klatschgeschichten
und Gerüchte zu berichten.
»Frau Nachbarin, hast du vernommen,
die Carmen hat ihr Kind bekommen,
und stell dir vor, nun sind's schon zehn.
Wie soll denn das noch weiter geh'n?
Nun, das geht mich ja nichts an,
aber Juan von nebenan,
du weißt ja sicher, wen ich meine,
hat fürchterliche Nierensteine.
Und der neue Oberlehrer,
ich kenne ihn schon etwas näher,
sagte man mir recht verstohlen,
befände sich auf Freierssohlen.
So muss ich denn vor allen Dingen
noch schnellstens in Erfahrung bringen,
bei w e m um alles auf der Welt
bald das Ledigsein entfällt.
Nanu, wer kommt denn dort daher?
Es scheint, als wenn's Carlotta wär.
Tatsächlich, also denn bis morgen,
muss heut' noch allerlei besorgen.«
Doch Carlotta kann mitnichten
Neuigkeiten ihr berichten.
Es wurmt sie, denn sie muss es wissen.

So steuert sie denn recht beflissen
direkt den Weg zum Schulhaus an,
wo sie erhofft, das Drum und Dran
und selbstverständlich auch der Name
von Oberlehrers Herzensdame
schnell und ohne lang Gebaren
aus frischer Quelle zu erfahren.
Auf halbem Wege, recht gelegen,
kommt Herr Lehrer ihr entgegen.
Doch der Oberlehrer ging,
für die Umwelt keinen Sinn,
in Gedanken tief versunken
strahlend und recht liebestrunken
mit verklärtem Angesicht.
Dona Lu, die sieht er nicht.
Doch dann, welch Pech, das kann nicht sein,
biegt er in 'ne Gasse ein.
Doch für s i e hat diese Wende
auch was Gutes, denn am Ende
kriegt sie ihn in engen Gassen
besser noch als sonst zu fassen.
Schnell hinein in die Passage,
sonst verliert sie die Courage
und womöglich noch den Lehrer,
doch sie kommt ihm nah und näher.
Mit Riesenschritten meisterhaft
sie noch die letzten Meter schafft,
und schon setzt sie zum Angriff an,
ganz siegessicher, aber dann
bleibt abrupt sie plötzlich stehn
und lässt den Lehrer weitergehn.
Nanu, das ist ja kaum zu fassen!
Ihr Mut hat sie wohl doch verlassen?
Bewahre, das passiert ihr nie.

Sie ändert nur die Strategie.
Von nun an will sie Abstand wahren,
um den möglichen Gefahren
des Entdeckens zu entgehen
und sein Tun vorauszusehen.
Klug gedacht von Dona Lu.
Sie entdeckt denn auch im Nu,
als der Lehrer ganz gezielt
vor einem Blumenständchen hielt,
um nach einem kurzen Weilchen
vollbepackt mit blauen Veilchen,
rosa Röschen, Immergrün
wieder seines Wegs zu gehn.
Nun aber schnell und hinterher!
So lange geht's bestimmt nicht mehr.
Er wird doch wohl mit diesen ganzen
Büscheln voller Blumenpflanzen
nicht durch den ganzen Ort marschieren.
Sie müsste die Geduld verlieren.
Nein, muss sie nicht, jetzt bleibt er stehn,
um sich ein wenig umzusehn.
Sein heiß ersehntes Stelldichein
wird wohl im »Café Royal« sein.
In jene Richtung wohlgemut
er seine Schritte lenken tut.
Mir auch recht, denkt sich Dona Lu.
Das Stadtcafé wär ja partout
für ihre Zwecke ideal.
Sie wüsste dann mit einem Mal,
w e r Lehrers Seelenfrieden stört,
mit List und Schönheit ihn betört.
Was sie dann sieht, ist kaum zu glauben
und will ihr fast den Atem rauben.
Bei ihm, ein Herz und eine Seele,

sitzt vergnügt und kreuzfidele
ihre Tochter Leonor.
Oh heiliges Kanonenrohr!
Das ist nun doch ein dicker Hund,
und sie läuft sich die Füße wund!

DIE VERWECHSLUNG

Durch die Neue Zürcher Zeitung
findet Alfred die Begleitung
für ein Rentnerabenteuer.
Fern vom alten Hausgemäuer
und weg von seiner tristen Wohnung.
Er will nun endlich die Belohnung
für sein bisher hartes Leben.
So soll im Alter sich ergeben,
wovon seit Jahren er schon träumt.
Mit wahrem Feuereifer räumt
er die Behausung bis zum Keller.
Anfangs zögerlich, dann schneller,
bis auf ein paar Kleinigkeiten.
Die sollen ihn ans Ziel begleiten.
Wie zum Beispiel Emmas Asche.
Sie geht als Erste in die Tasche.
Zwar auf neues Glück versessen,
will er Emma nicht vergessen.
So füllt er denn die ganze Chose
in eine alte Plastikdose.
Die enthielt noch bis vor Kürze
die gemischte Suppenwürze
von der Firma »Karli Wichert«.
In der Dos'ist nun gesichert,
was ihm sehr am Herzen lag.
Später, wenn er's denn vermag,
das hatte er sich vorgenommen,
wird sie einen Platz bekommen
in einem silbernen Gefäß,
filigran, doch zweckgemäß.
Vorderhand wird im Geheimen

die Idee noch weiter keimen.
Die neue Lebenskameradin
kann er nicht so einfach gradhin
mit Emmas Asche konfrontieren.
Das würde zu Konflikten führen.
Nach einer Zeit in Tenerife
hätt' er sie doch wohl im Griffe,
und wenn alles bestens lief,
könnte er sie sukzessiv
und auch ohne lang zu streiten
auf die Urne vorbereiten.
Auf Teneriffa läuft es prächtig.
Die Aschendose unverdächtig
im Küchenschränkchen eingenistet,
dort ein friedlich Dasein fristet,
wie der gute Alfred glaubt.
Nach gewisser Zeit erlaubt
er sich zum Überzeugen, den Doseninhalt zu beäugen.
Nicht ein Restchen ist vorhanden!
Die Haare ihm zu Berge standen.
Um Himmelswillen, welch Dilemma!
Keine Spur mehr von der Emma.
Die wanderte, wie sich's entpuppte,
in Soßen und Gemüsesuppe!

DIE DSCHUNGELHOCHZEIT

Zwei Klimaforscher, Europäer,
kamen sich im Urwald näher.
Am Anfang war es Forschung pur,
von Liebelei noch keine Spur.
Als sie zueinander fanden,
wollten sie die zarten Banden
der Zuneigung gedeihen lassen
und mit Liebe sich befassen.
So wurden öde Dschungeltage
trotz Hitze und Insektenplage,
trotz Sehnsucht nach dem Heimatland
zu einem dauernden Bestand
von Zweisamkeit in Harmonie.
Mit wahrem Feuereifer sie
schon balde ihre Zukunft planten,
doch weder er noch sie erahnten,
dass Zivilstand zu verändern
in gewissen fernen Ländern
nur mit Mühe oder gar
mit Ärger zu erreichen war.
Schon allein die lange Reise
auf abenteuerliche Weise
in die Kreisstadt, war beschwerlich,
da sie aber so begehrlich,
eilig und mit aller Macht
auf Vereinigung bedacht,
nahmen Ungemach zuhauf
die Heiratsfreudigen in Kauf.
Endlich war es dann so weit.
Mit Mut und Zuversicht gefeit
machten sich nun diese beiden,

um Zeitverluste zu vermeiden,
unverzüglich auf die Beine.
Bedenklichkeiten gab es keine.
Doch waren Ärger aller Arten
und haufenweise zu erwarten.
Bei ihrem Hotel um die Ecke
fanden sie für ihre Zwecke
und zum ersten Schritt ans Ziel
hin zur Trauung in zivil
Herr Notarius Gonzalez.
Von ihm erfuhren sie dann alles
bis ins Kleinste detailliert
per Liste - zweifach ausgeführt.
Da man nun an Ort und Stelle,
dachten sie, für alle Fälle,
um schon etwas zu bewegen,
gleich das Datum festzulegen.
Dann ging's weiter, recht gewandt,
in Richtung Telegrafenamt,
denn schließlich wollt' man nicht zuletzte
für die Trauung ein paar Gäste.
Kurz nach neun, am nächsten Morgen,
beim Beginn, sich zu besorgen,
was nach Meinung vom Notar
dringendst zu beschaffen war,
konnten sie dann schon erahnen,
dass alleine nur mit Planen
die Dinge nicht zu regeln waren.
Ärger tat sich offenbaren.
Mit dem kleinsten Dokumentchen
mussten bis zum letzten Quäntchen
und völlig ohne Diskrepanz
bis hin zur obersten Instanz
sie von einem Amt zum Andern

durch die ganze Kreisstadt wandern.
Nebenbei war mächtig viel
Geschäftsbetreibung mit im Spiel.
Kein Federstrich zum Nulltarif.
Alles mit Gebühren lief.
Nebst den üblichen formellen,
festgelegten generellen,
gab es noch die vielen andern,
die privat in Taschen wandern.
Um Erfolg voranzutreiben
korrumpierten auch die beiden
heiratsfreudigen Germanen.
Freilich ohne zu erahnen,
dass durch schnelleres Erlangen
der Lizenz das Unterfangen,
zu Ärgernis, ganz offenbar,
noch lange nicht zu Ende war.
Der große Ärger kam danach,
als Notarius gemach
und ohne jegliches Bestreben
der Dringlichkeit Tribut zu geben,
für Romantik keinen Sinn,
sich entschloss, den Amtstermin
für den feierlichen Segen
auf Tage später zu verlegen.
Die Lizenz für die Vermählung,
nebst der freundlichen Empfehlung
von Herrn Konsul Rumpelmeier,
der sich extra für die Feier
einen freien Tag erbat,
lag beglaubigt, akkurat
und zum vorgesehnen Zwecke
beim Notar in einer Ecke,
statt für eine prompte Handlung

zur Zivilstandsumverwandlung.
Ging's wie bei den andern schon
etwa auch um Korruption?
Hier lag sonderbarerweise
das Problem an einer Reise,
die zu machen er gedachte
und damit zunichte machte,
was verheißungsvoll begann.
Der Bräutigam auf Rache sann.
Doch heiß entflammte Streitgelüste
würden, was man dringendst müsste,
um Durcheinander zu verhindern,
den Tatendrang dazu vermindern.
So war es vorerst einmal wichtig,
alles andere war nichtig,
den vor Tagen schon voraus
fix bestellten Festtagsschmaus
der vertagten Trauung wegen
vorderhand auf Eis zu legen.
Die Gäste waren schon am Kommen.
Beinah alle, ausgenommen
die gute, alte Patentante.
Sie zur rechten Zeit erkannte,
dass Aufenthalt in Dschungels Nähe
man besser nur auf Fotos sähe.
Die Reise vom Notarius
dauerte fünf Tage plus
noch viere, um sich zu erholen.
Schluss jetzt mit den Kapriolen,
ehrenwerter Herr Gonzalez!
Man suchte sich jetzt was Reales
mit Hilfe von Herrn Rumpelmeier.
Jener lüftete den Schleier
der Ungewissheit dann im Nu,

ganz problemlos und dazu
auch noch ohne Korruption.
Hätt' man doch zu Anfang schon
das Konsulat um Rat gefragt,
man hätt' sich minder abgeplagt.
Man war nervös bis zur Entartung
durch die baldige Erwartung
von all den kommenden Verwandten.
Die beiden um die Wette rannten.
Unaufhörlich, wie besessen,
um auch ja nichts zu vergessen,
was später man ermangeln könnte.
Keine Ruhe man sich gönnte.
Der erste Tag vom Wiedersehen
war dann kaum zu überstehen
vor lauter ungeahnter Pannen,
die stetig an Gewicht gewannen.
Die Allererste, noch recht klein,
verursacht dennoch ungemein
starke Wogen von Empörung.
Diese wiederum bracht' Störung
und Diskrepanz in die Familie.
Es geschah, als die Emilie,
eine von den Schwägerinnen,
durch ein lästiges Beginnen
von Ungemach im Darmbereich,
sich entschlossen und sogleich
in Richtung »stilles Örtchen« wandte,
dort beim ersten Blick erkannte,
dass d a s , was sie dann schließlich fand,
bereits im Reiseführer stand:
Von Sanität gab's keine Spur.
Alles war Verkommung pur.
Das Nötigste war da – jedoch

weder Wasserspülung noch
das Handwaschbecken funktionierte,
was zuerst zu Panik führte,
dann zu Ärger wie noch nie
und zuletzt zu Hysterie,
die alles noch viel schlimmer machte,
und beinah einen Streit entfachte.
Im Lauf des Tages gab's noch mehrere
leichte und auch etwas schwerere
von den unliebsamen Pannen.
Ein paar Gäste schon begannen
nach einer Möglichkeit zu suchen,
ihre Reise umzubuchen.
Ein wenig war es zu verstehen
in Anbetracht auf das Geschehen
bei der vierten dummen Panne.
Ausgelöst durch Frau Susanne,
der Schwiegermutter von der Braut.
Jene gänzlich unvertraut
mit tropischen Gepflogenheiten
dachte, es würd' Spaß bereiten,
ohne Schuh' und ohne Strümpf'
in einem lehmigen Gesümpf,
um etwas Frische zu erfühlen,
ihre Füße abzukühlen.
Pfarrer Kneipps Gewaltsideen
brachten dort ganz unversehen
in Sekunden, ungemein
viel Getier an ihr Gebein.
Bis hinauf in Schenkels Höhe
schmarotzten fiese Wasserflöhe
durch das doofe Füßebaden
ganz gemein an ihren Waden.
Das Entsetzen war gewaltig,

das Geschimpfe mannigfaltig
und aus tiefer voller Kehle.
Ungeduldige Befehle
völlig unartikuliert,
panikartig, höchst verwirrt,
abgehackt hervorgestoßen,
brachte ihre Festgenossen
von der näheren Umgebung
allesamt zur Überlegung,
ob vielleicht schon Tropenkoller,
unaufhaltsam und mit voller
Wucht, gar unheilbar,
just bei ihr am Werke war.
Ihre Schwägerin, die Emma,
holt sie raus aus dem Dilemma,
als schlussendlich jene sah,
was in Wirklichkeit geschah.
Diese Flöhe sind, wenn spärlich,
normalerweise ungefährlich.
Klar, ein Jucken gibt es immer,
und je mehr man reibt, je schlimmer.
Doch bei derart großen Massen
kann man's nicht dabei belassen.
Hilfe bringt nur ein rapid
wirkendes Insektizid.
So auch hier in diesem Fall.
Jeder suchte überall
und mit eifrigem Bemühen
nach d e m, was später zu versprühen
in rauen Mengen sie gedachten.
Ohne Regeln zu beachten,
ging gezielt man rigoros
auf die Wasserflöhe los.
Die Attacke effektiv

im Rahmen des Gewünschten lief.
Allerdings nur beim Getier.
Nebenbei da hätt' man schier
aus der Hochzeit, unbedacht,
einen Trauerfall gemacht.
Durch das allzu rigoros,
immer feste frei drauflos,
irrige Herumgesprühe
hatte man die größte Mühe,
die Schwiegermutter – Gott befohlen -
aus einer Krise rauszuholen.
Sie fing schon an sich anzuschicken,
ganz erbärmlich zu ersticken.
Allmählich – bald am Ende schon -
trat dann wieder in Aktion,
was bereits verloren schien.
Gott sei Dank konnt' man draufhin
durch Erleichterung von Neuem
auf das Hochzeitsfest sich freuen.
Die erste Nacht im »Hotel Barni«
brachte dann so gut wie gar nie,
oder höchstens ab und zu,
die allerseits ersehnte Ruh'.
Es war ein Gehen und ein Kommen.
Jeder, keiner ausgenommen,
geisterte ganz einfach so
von überall nach irgendwo
Treppen hoch und Treppen runter.
Durch die Zeitverschiebung munter
und ohne jegliches Bestreben,
sich zur Ruhe zu begeben,
gab's, wenn auch nur recht geringe,
dennoch unerwünschte Dinge.
Wie zum Beispiel die Tarantel

an Tante Trudes Morgenmantel.
Wär' die gute Tante nicht
auf Mondscheinwanderung erpicht
und hätt', statt Sterne zu betrachten,
ein ruhevolles Übernachten
sie dem Garten vorgezogen,
hätten jene starken Wogen
von höchst erschauerndem Erschrecken
durch das plötzliche Entdecken
jenes Riesenspinnenviehs
Tante Trude nicht so fies
und äußerst übel mitgespielt.
Auf den Schrecken hin erhielt
sie einen echten Widerwillen
auf jede Neugier, die zu stillen
in jener Gartenatmosphäre
noch von Wert gewesen wäre.
Doch war im Großen und im Ganzen
trotz erlebten Firlefanzen
jene Zeit – reell gesehen -
doch noch gut zu überstehen.
Die paar Tage bis zum Feste
versuchte jedermann das Beste
aus der Reise rauszuholen.
Einige sogar verstohlen,
in Gedanken noch recht sachten,
an ein Wiederkommen dachten.
Jedoch andre wiederum
hofften ungeduldig drum,
dass jener Rummel um die Ehe
möglichst rasch vorübergehe.
Ein frommer Wunsch in Gottes Ohr,
aber leider war zuvor
noch einiges zu überstehen,

denn ein reibungslos' Geschehen
gibt's in jenen Ländern selten.
Leider allzu häufig gelten
Abmachungen für labil,
und ausgerechnet beim Zivilstand'sbeamten zweiter Wahl
war es ebenso, zumal
das vorgesehne Hochzeitsdatum
fix und ohne Ultimatum
auf einen Montag festgesetzt
nun wieder einmal d a s verletzt,
was Vertrauenssach' man nennt
und Vorwärtskommen aberkennt.
Am Sonntag, ganz nach seinem Stil,
hat Notarius zu viel
und obendrein die halbe Nacht
mit der Flasche zugebracht.
Am Montagmorgen, ganz benommen,
brachte er total verschwommen
und allerhöchstens nur am Rande
Gedankengänge noch zustande.
Für eine Amtshandlung mit Stil,
feierlich und mit Gefühl,
wie man es erwarten konnte,
damit der ganze Aufwand lohnte,
wär' »Miesepeter« ohne Frage
erst am Abend in der Lage.
Mann! Es war zum Kinder kriegen.
Um das wieder hinzubiegen,
brachte für die zwei Verlobten
von Neuem Aufregung nach Noten.
Mit Unglaubwürdigkeit vertraut
war man dennoch nicht erbaut,
von einfach so, ganz nach Belieben,

die Trauung wieder zu verschieben.
Das Hochzeitsessen ließ man brodeln,
denn alles wieder umzumodeln
und auf später zu verlegen,
wäre schlicht und einfach gegen
höfliche Gepflogenheiten,
würd' Kompetenzen überschreiten.
Als eine Art Vorhochzeitsschmaus
konnte man es sich durchaus
ohne jeglich Deklassieren
genussvoll zu Gemüte führen.
Das wenigstens war kein Problem,
doch außerordentlich extrem
reagierten die Verwandten,
die Pflichtverletzung aberkannten.
Für s i e, als Mitteleuropäer,
wog dies Handeln etwas schwerer
als wie für die Ortsansäss'gen,
die mit oft unzuverläss'gen
Machenschaften schon vertraut
und deshalb, zwar nicht grad erbaut,
aber dennoch ausgewogen
milder zu Gerichte zogen.
Erst am Abend, schon nach sieben,
verwies man endlich all die trüben
vorhochzeitlichen Gedanken
durch Pflichterfüllung in die Schranken.
Der ehrenwerte Herr Notar,
am Morgen noch recht unbrauchbar,
am Abend jedoch charismatisch
und auf selbstbewusste Art sich
auf sein ernstes Amt besann,
dann höchst routiniert begann,
ohne Absicht zu verfehlen,

das junge Brautpaar zu vermählen.
Nach einer viertel Stunde schon
war legitime Union
der glücklichen und hocherfreut'
frischvermählten Eheleut'
als erledigt zu verbuchen.
Was noch blieb, war zu versuchen,
das Leben froh sich zu gestalten,
die Liebe aufrecht zu erhalten
und Streitereien zu vermeiden.
Um wieder Forschung zu betreiben,
die Neuvermählten Tage später,
nachdem die Mütter und die Väter,
die Brüder, Schwestern und die Tanten
und alle andern Anverwandten
in Richtung Heimat hinentschwanden,
sie sich wieder dort befanden,
wo man einst auf Liebe sann,
und die Zweisamkeit begann!

EIN KLUGER ENTSCHLUSS

»Liebe Kinder«, sprach Herr Störgler,
»ihr wisst, es gibt so viele Nörgler.
Nicht nur unter den Verwandten.
Nein, auch bei den sogenannten
Freunden unserer Umgebung.
Ich könnt' mir denken, dass Verlegung
in ein weit entferntes Land,
wo mancher schon den Frieden fand,
auch für uns das Beste wäre.
In einer andern Atmosphäre
könnten wir uns frei entfalten,
unser Leben so gestalten,
wie wir es für richtig sehen.
Es müsste aber schnell geschehen,
bevor wir alle noch versauern.
Ich denke oft schon mit Erschauern,
dies kein bisschen übertrieben,
dass, wenn wir noch länger blieben,
irgendwas geschehen würde,
was meine eh schon schwere Bürde
als alleiniger Erzieher
mit der Zeit noch etwas schierer
und unerduldbar werden könnte.
Mit einem Wohnortwechsel gönnte
ich mir – und freilich auch euch Kindern –
den Verlust von Ma zu lindern.
Bei meinem lieben Onkel Franz
könnten wir uns voll und ganz,
ohne Freiheit zu verlieren,
in kurzer Zeit schon etablieren.
Onkel Franz ist Junggeselle.

Wir hätten dort auf alle Fälle
Räumlichkeit in rauen Mengen.
So wäre Schluss mit dieser engen
Wohnung, die uns nur bedrückt.
Wenn mein Plan uns wirklich glückt,
hätten wir nur zu gewinnen,
könnten Nörgelei entrinnen
und noch vielen Dingen mehr.
Keiner käm' uns hinterher
mit fiesen, dummen Streitigkeiten
die nur Kummer uns bereiten.«
Herr Störgler hatte sieben Kinder.
Allesamt, nicht eines minder,
gingen eins mit Papas Meinung.
Und so kam es dann zur Keimung
von diesem wundersamen Plan.
Und wie gesagt, so auch getan.
Trotz der vielen Mordsproteste
blieb man stark vereint und feste
bei Papas einziger Version.
Und nach dreizehn Wochen schon
ging's nach ein paar Firlefanzen
hin zum guten Onkel Franzen.
Herrje! Das war doch kaum zu fassen!
Vater hat sich täuschen lassen,
oder einfach unbesonnen
nach vielen Briefen angenommen,
er wär' mit Gütern reich gesegnet.
Papa war ihm nie begegnet.
Als junges Bürscherl ausgewandert,
war Onkel Franzen dort gestrandet.
Land, das gab's in Hüll und Fülle.
Die so sehr erwünschte Stille
war dato ebenfalls vorhanden,

aber statt der Villa fanden,
ach herrje, du meine Güte,
sie eine kleine schmale Hütte.
Dafür war Onkel eine Wucht.
Beim ersten Blick war man versucht,
ihn ganz fest in's Herz zu schließen.
Dutzende von Falten ließen
vereint mit dröhnend lautem Lachen
sein Antlitz höchst sympathisch machen.
Oh! Wie freute sich der Alte
über so viel wohlgestalte,
quietschvergnügt fidele Jugend,
die nach allen Seiten lugend
die verwilderte, verruchte
Gegend einzuschätzen suchte.
Vieles war ja nicht vorhanden.
Destotrotz, die Jungen fanden,
es könnte durchaus etwas werden.
Wenn nicht 's Paradies auf Erden,
so wenigstens doch etwas Klares,
in jeder Hinsicht Annehmbares.
Im Gegensatz zu seinen Kindern
war Frust beim Pa nicht zu vermindern.
Sein eh'mals ruhiges Gewissen
ließ Verständlichkeit vermissen.
Wie hatte er sich irren können?
Nun war Sorge ihm zu gönnen.
Wie konnt' als Vater er sich trauen,
weder rechts noch links zu schauen,
ohne sich zu informieren,
wie es denn mit dem Logieren
von den sieben Kindern stünde.
Als eine Unterlassungssünde
ersten Grades war's zu sehen.

Wie sollte das bloß weitergehen?
Es ging, und zwar ganz kreativ
und außerdem zum Nulltarif.
Dünne Stämmchen und Lianen
ließen balde schon erahnen,
dass dann noch mit Palmenwedeln,
um die Dächern zu veredeln,
man meisterhaft es schaffen konnte.
Mit Gelingen sich belohnte.
Auch Onkel wirkte kräftig mit,
hielt mit der munter'n Jugend Schritt.
Viel verschieden große Hände
brachten alsodann die Wende
auf Onkel Franzens ödes Land.
Am Wandel er Gefallen fand.
Für Vater war es provisorisch.
Die Kinder jedoch kategorisch
ganz energisch protestierten,
ihm zu Recht vor Augen führten,
was ihnen Onkel schon verhieß:
Ein eng geflocht'nes Palmdach ließ
unterm Netz, in Hängematten
ein bequemes Ruh'n gestatten.
Die lieben Kinder lernten mehr
im fremden Lande, wie bisher
mit täglich in die Schule gehen.
Selbst Vater musst' sich eingestehen,
dass seine große Kinderschar
noch niemals so gelehrig war.
Es ging da einzig um's Erleben.
Daheim war's stetig Vorwärtsstreben.
Der Schwerpunkt hier, war die Natur
und vor allem Freiheit pur.
Jeder konnte sich entfalten,

nach seiner Fähigkeit gestalten,
wie's ihm passt, wie's ihm beliebt.
Je nachdem, der eine gibt
etwas mehr auf Bastelei.
Der Älteste war schon dabei,
einen Garten anzulegen.
Die zwei Mittleren dagegen
waren mehr für Federvieh,
denn die beiden hielten nie
große Stücke auf Gemüse.
Mit einem Hühnervölkchen ließe
sich mehr auf Eier konzentrieren
und zum Brathuhn hin tendieren.
Ein paar produktive Ziegen
würden P a p a eher liegen.
Die gaben Milch auf wunderbare
Art und Weise über Jahre,
Käse, Joghurt, Quark und Butter,
und dies auch bei kargem Futter.
Also äußerst ideal
auf Onkels Riesenareal
voll Gestrüpp und Wildgewächs.
Vater dachte sich, mit sechs
guten ausgewachs'nen Ziegen
würd' man juste richtig liegen.
Onkel half bei allen Dingen
zu einem freudigen Gelingen.
Ein jeder – Junge oder Mädchen -
war wie ein geöltes Rädchen
im Familiengetriebe.
Dem guten Onkel Franz zuliebe,
den sie sich zum Vorbild nahmen,
wurde alles, was im Rahmen
des Möglichen zu machen war,

ohne Murren oder gar
mit sonst so störrischem Getue
folgsam und in aller Ruhe.
Papa sah's mit höchster Rührung,
unter Onkel Franzens Führung,
wie's einem edlen Werk gebührt,
siegreich zum Erfolg geführt.
So lief denn alles wie am Schnürchen.
Was einmal als ein Hintertürchen
für Papa Störglers Sorgen war,
wurd' in einem guten Jahr
zu einer echten Wohnidylle
durch Fantasie in Hüll und Fülle.
Luxus war da nicht vorhanden.
Im Stil der Dorfbewohner standen
acht kleine Häuschen höchst perfekt
mit Palmenwedeln dicht gedeckt.
Doch partout nicht alle gleich.
Ein jeder konnte für sein Reich
sich durch Schöpfergeist entfalten,
nach Lust und Laune frei gestalten.
Ohne festgelegte Norm
ging man aber doch konform
mit tropischen Gepflogenheiten.
Jedes Häuschen hatt' die breiten
schattenspendenden Arkaden.
Zwei davon mit Balustraden
aus geschnitztem Tropenholz.
Vater Störglers ganzer Stolz
war ein großer Klassenraum,
denn Weiterbildung war ja kaum
auf lange Dauer auszulassen.
Mit Geschichte sich befassen,
mit Rechnen, Schreiben und mit Lesen

war auch d o r t im Plus gewesen.
Man hat sich völlig angepasst.
Das ganze Areal umfasst
nicht weniger und auch nicht mehr
wie bei den Menschen dort, daher
wurden sie auch höchst willkommen
und wie Freunde aufgenommen.
Bescheidenheit ist dortzulande
eine Tugend, keine Schande.

EINE ZUFALLSBEGEGNUNG

Abraham, ein kluger Jude,
ehemals aus Buxtehude
lebte einst mit Gattin Esther
in schöner und in allerbester
Lage eines fernen Ortes,
wo im wahrsten Sinn des Wortes,
wie es ihm sehr wohl gebührte,
er ein friedlich Dasein führte.
Im Jahre neunzehnneununddreißig,
damals, als man äußerst fleißig
und ohne Absicht zu verlieren
begann, das Volk zu dezimieren,
wurd' es Abraham zu brenzlig.
So entschloss er sich dann gänzlich
seine Heimat zu verlassen
und woanders Fuß zu fassen.
Dies gelang ihm schnell und prächtig
und vor allem unverdächtig
mit Strümpfen, Unterwäsche, Mieder;
einem Handel, der ihm wieder
einen Aufschwung garantierte,
zu stabilem Wohlstand führte.
Zur Zeit von Abraham und Esther
lebte Klaus mit seiner Schwester,
der liebenswürdigen Gerlinde
aus dem schönen Travemünde,
auch in jenem fernen Orte.
So braucht es keine weiter'n Worte,
warum der Klausen mit Verstand
aus seinem Vaterland verschwand.
Damals, neunzehnfünfundvierzig,

wurde es für Klausen »stirzig«.
Er verließ das heiße Pflaster
nach dem Ende vom Desaster.
Aus dem Oberkommandeur
wurd' ein fleißiger Friseur
in jenem fremden, fernen Orte,
und zwar von der besten Sorte.
Das fand auch Abraham, nebst Gattin.
Er brachte es daher auch glatt hin,
der Vergangenheit zu trutzen
und zum Bart- und Kopfhaarstutzen
sich nur mit wenig Widerstreben
in Klausens Hände zu begeben.
Es ist ja eh recht sonderbar,
dass, wenn man in der Fremde war,
von der Heimat losgelöst,
man gegen das Prinzip verstößt,
sich Freunde sorgsam auszuwählen.
Doch im fremden Lande zählen
Qualitäten nicht so sehr.
Man gibt eher etwas mehr
auf sprachliche Gemeinsamkeit.
Besonders dann, wenn weit und breit
in jenen fernen fremden Landen
nur wenige zur Auswahl standen.
Die Gerlinde und die Esther
hatten eigentlich mit fester
Frauenfreundschaft nichts am Hut,
aber in der Fremde tut
man einfach oft sich widersprechen,
Tabus im Handumdrehen brechen.
Man ist auf jedermann erpicht,
der deine eigne Sprache spricht.
Um Gedanken auszutauschen

oder einfach nur zum Plauschen.
Esther und auch die Gerlinde
waren stets bereit geschwinde,
sich zwischen ihren Tätigkeiten
zu einem Schwätzchen zu verleiten.
Die beiden Männer aber nur
zwischen Haarschnitt und Rasur!

ES LEBE DIE POST

Unser altes Postgebäude,
sag' ich Euch, ist reinste Freude
für uns alle Immigranten,
die einst die Heimat aberkannten
und jetzt nach Jahren ganz gelungen
tun, als hätt' man sie gezwungen,
von einem schönen Land zum andern
nicht halb so schönen auszuwandern.
Nostalgie kommt mit der Zeit.
Zuerst nur sacht, doch stets bereit,
sich noch weiter auszubreiten,
so nach und nach voranzuschreiten.
Bei manchen kommt sie recht gewaltig,
unaufhörlich, mannigfaltig.
Bei andern nur in sanften Wogen,
oberflächlich, leicht durchzogen.
Deshalb ist die alte Post
für alle Heimatflair und Trost.
Je nach der Begebenheit
hält für jeden sie bereit,
wonach er sich am meisten sehnt.
Hin und wieder aber dehnt
sich die Erwartung in die Länge.
Die Post ist nicht ein Ort der Zwänge.
Hat sie etwas zu vergeben,
kommt es meistens zum Beleben
der betreffenden Person.
Destotrotz kommt's aber schon,
ich möcht' es nebenbei erwähnen,
auch manches Mal zu ein paar Tränen.
Zum Beispiel dann, wenn schwarzumrandet

ein Trauerbrief im Postfach landet.
Das ist wahrlich sehr betrüblich.
In solchen Fällen ist es üblich,
da wir ja fast zeitengleich
und beinah täglich im Bereich
der Postausgabe uns befinden,
den Trauernden zum Überwinden
an den Stammtisch zu entführen
und statt Trauer noch zu schüren
mit dummen Beileidsäußerungen
wir ganz frei und ungezwungen
beim Gläschen Wein, recht ausgelassen,
mit Unterhaltung uns befassen.
Jeder hat was zu erzählen
und auch derbe Witze fehlen
in der Tafelrunde nicht.
Sie fallen mächtig ins Gewicht.
Wir sind keine Kostverächter
und das dröhnende Gelächter
bringt den Trauernden in Schwung,
durch Späßchen wieder auf den Sprung.
Der Stammtisch ist auf alle Fälle
für längere und auch für schnelle
Zusammenkünfte von Bedeutung.
Manche geben keinen Deut drum.
Besonders jene, die erst neulich
ins Land gekommen und erfreulich
wenig oder beinah nie
gegen schnöde Nostalgie
und gegen Heimweh kämpfen müssen.
Die Alten aber, die begrüßen
das fröhliche Beisammensein
in froher Runde ungemein.
Deshalb wär' das Internet

zum Beispiel, wenn man es denn hätt',
unangebracht, ganz fehl am Platz.
Es wäre, kurz in einem Satz,
für uns und für die Post empörend,
in allerhöchstem Grade störend.
Jeder säße ohne Rasten
vor den maledeiten Tasten,
statt täglich hin zum Postamt wandern
und im Anschluss mit den andern
gemütlich beieinanderhocken.
Das brächt' Zusammenhalt ins Stocken.
Und deshalb, n o c h einmal ein »Prost«
auf die gute alte Post!

FRIEDERICKS ERBSCHAFT

Die alte Tante Maud aus Flick
ihren Neffen Friederick,
als Einziger ihr nah verwandt,
unlängst zum Erben hat ernannt.
Diese Erbschaft gibt dem Frieder
als Arbeitsloser, nun doch wieder,
und auch just zur rechten Zeit
Lebensfreud' und Heiterkeit.
Doch leider muss, um nicht zu passen,
er sein Heimatland verlassen,
denn Tante lebte Jahre schon
in französischer Region.
Tante Maud, die Gute war
in ihrer Art recht sonderbar.
Als alte Jungfer lebte sie
mit ihren Schrullen und hat nie
oder nur recht mangelhaft
aus der kleinen Landwirtschaft
einen Nutzen sich gezogen.
Das hat ihn dazu bewogen,
Tantes Hinterlassenschaft
mit Tatendrang und junger Kraft
und möglichst bald vor allen Dingen
wieder auf den Stand zu bringen.
Ein Hektar Wald, ein Hektar Wiesen,
wo jetzt im Frühling Blumen sprießen,
ein paar Morgen Ackerland,
wo er gedenkt, so allerhand
für Mensch und Tier zu kultivieren,
um Landwirtschaft perfekt zu führen.
Unmittelbar am Mühlenbach

ein kleines Haus mit Schindeldach,
schon recht alt, doch immerhin
steht es da um einzuziehn.
Ein Schreiben von der sel'gen Tante,
durch den ihm recht gut bekannte
Herr Notarius von Flick,
hat den jungen Friederick
durch Art und Inhalt recht erheitert
und seinen Frohsinn noch erweitert.
Sie schreibt: Jetzt ist es bald so weit.
Es bleibt mir nur noch wenig Zeit,
um Dir die Wünsche und Begehren,
die das Sterben mir erschweren,
auf diese Weise kundzutun.
Erst dann kann ich in Frieden ruhn.
Ich möchte, dass Du meine Tierchen
mit den täglichen Pläsierchen
pflegst, ernährst und sie beschützest,
zu keinem Eigennutz benützest
und sie hältst, wie ich's getan.
Da ist mein Esel Bastian.
Der braucht immer gute Pflege
und darf nur in das Gehege,
wenn das Wetter warm und trocken.
Gib ihm Mais und Haferflocken.
Auch Kleie kann sein schwacher Magen
in kleinen Mengen gut vertragen.
Hat er Blähung oder Kolik
hol den alten Doktor Nolique.
Die Futtermischung für den Bastel
findest Du im linken Kastel
von der großen grünen Truh'.
Das Mischrezept leg' ich dazu.
Meine liebe Henne Lieschen

ist recht träge und ein bisschen
durch gutes Futter aus der Form.
Doch w a s entspricht denn schon der Norm?
Alles ist für sie im Ställchen.
Futternäpfchen, Wasserschälchen,
und jeden Tag kriegt sie aufs neu'
für ihr Nestchen frisches Heu.
Das Futter für die liebe Henne
ist im Anbau bei der Tenne,
neben Kübel für den Dung,
im braunen Sack, mit Anweisung.
Nun zu Max, dem Enterich.
Er als Einzelgänger sich
oft recht überheblich zeigt,
zu Eigenmächtigkeiten neigt.
Lass ihn, es wird nicht gelingen,
Gehorsamkeit ihm beizubringen.
Ist das Wetter warm und schön,
kann auf Mückenjagd er gehn.
Zur Zeit der Fütterung um vier
ist er jeweils wieder hier.
Nebst Küchenreste gib ein bisschen
aus dem Futtersack vom Lieschen.
Bei meinem Dackel Dagobert
leg' ich auf Sorgfalt großen Wert.
Da von edelstem Geblüte
gebührt ihm Pflege erster Güte.
Von allem kriegt er nur das Beste.
Also keine Essensreste.
Hundekuchen, Futterflocken
Marke »Princesse« und stets trocken
eingerührt in etwas PAL.
Madame Claire hatt's im Regal.
Sein Plätzchen ist die rote Decke

auf der rechten Sofaecke.
Die linke Seite ist kariert
und für den Mauzel reserviert.
Dieser ist ein Fall für sich.
Verfressen, doch sehr wählerisch.
Was seinem Gusto nicht entspricht,
frisst der gute Kater nicht.
Von Hühnerleber und Sardinen
beliebt der Mauz sich zu bedienen.
Nun zuletzt noch zur verwöhnten,
einstmals sogar preisgekrönten
herzallerliebsten Ziege Gritte.
Für s i e hab ich 'ne extra Bitte.
Lass in keinem Falle zu,
dass der Bock, der Zerberu,
vom Nachbarbauer sie besteigt,
denn Gritte, die ist nicht geneigt,
sich mit Nachwuchs abzuplagen.
Dafür musst Du jetzt Sorge tragen.
Auch die Fütterung ist wichtig.
Im Verweigern ist sie tüchtig,
und Abfall nimmt sie niemals an.
Von Äpfeln ist sie angetan.
Zurechtgemacht zu kleinen Stücken
kann sie massenhaft verdrücken.
Auch Bananen liebt sie sehr.
Gib ihr aber dennoch mehr
von den frischen gelben Rüben,
die kriegst' beim Nachbarbauer drüben.
Diese ganze Litanei
hat er gelesen und dabei
sich amüsiert und oft geschmunzelt,
manchmal auch die Stirn gerunzelt.
Doch ist er vorerst noch gezwungen,

Tante Maudes Anweisungen
zu befolgen und zu achten.
Nach ein paar Tagen wird mit sachten
Änderungen und Manieren
er schon etwas disponieren,
denn Frieder, der ist nicht bereit,
seine eh schon knappe Zeit
mit Bedienen von den Tieren
gar noch mehr zu reduzieren.
So hat nebst Arbeit auf dem Acker
der Friederick nun auch noch wacker
mit Umerziehungsschwierigkeiten,
die oft Ärger ihm bereiten,
alle Hände voll zu tun.
Er kommt oft gar nicht mehr zum Ruh'n.
Den Bastel hat er schon so weit,
dass, zwar noch mit Beharrlichkeit,
aber beinah ohne bocken,
mit guten Worten, um zu locken,
er auf die Weide sich begibt,
wo je nachdem es ihn beliebt
zu grasen oder sich zu sonnen.
Der halbe Kampf ist schon gewonnen,
denn was ein echter Esel ist
auch Kräuter, Blätter, Gräser frisst.
Schwirig ist es mit dem Lieschen.
Das setzt am Morgen er ins Wieschen,
und da sitzt es immerfort
an einem und demselben Ort.
Doch was könnte man denn nun
gegen diese Unart tun?
Am besten wäre es, gleich morgen,
ein paar Hennen zu besorgen,
damit durch Vorbild es kapiert,

wie man ein Hühnerleben führt.
Maxel macht ihm keine Sorgen.
Jeden Tag, schon früh am Morgen,
selbst bei Regen sieht man ihn,
würdevoll von dannen ziehn.
Da ein Mückchen, ein Insekt,
das seine Interessen weckt.
Mal ein Fröschchen, ein paar Schnecken,
die sich unterm Laub verstecken,
Käfer, Raupen und noch mehr
interessieren Maxel sehr.
Was ihm noch fehlt, denkt Friederick,
sind ein paar Weibchen für sein Glück.
Der gute alte Dagobert
ihm das Leben recht erschwert.
Jener trauert immer mehr
hinter Tante Maude her.
Bei ihm zieht sich der Friederick
vom Erziehungsplan zurück.
Mauzel zürnt dem Frieder sehr
von Tag zu Tag noch etwas mehr,
denn Hühnerleber und Sardinen
muss der Mauz sich erst verdienen,
indem er lieb und artig ist
und auch einmal was andres frisst.
Eines Tages hat der Frieder
wie schon öfter, so auch wieder
die Ziege, wie es ihr gebührt,
nach draußen auf die Wies' geführt,
damit sie bei dem schönen Wetter
Kräuter, Gräser, frische Blätter,
auch Gänseblümchen dann und wann
nach ihrem Gusto wählen kann.
Kaum, dass er sie angepflockt,

durch ihr Meckern angelockt,
kommt Zerberu stracks anmarschiert,
und dann natürlich war's passiert.
So konnt' er Tante Maudes Bitte
betreffs der lieben Ziege Gritte
nicht erfüllen, 's war zu spät,
und keiner es verhindert hätt'.
Ja nun, herrje, wie dem auch sei,
es ist ja eh schon einerlei.
Die Tage fliehn, die Zeit vergeht,
nun schon gar der Herbstwind weht.
Durch Fleiß und Unermüdlichkeit
hat Frieder in der kurzen Zeit,
wer hätte sich denn d a s gedacht,
was er gewollt, zum Ziel gebracht.
Und wie gut ist's ihm geglückt.
Selbst Tante Maude wär entzückt,
denn Frieders Höfchen ist beim Eide
eine echte Augenweide.
Früher trostlos, unbeachtet,
heut' man es mit Freud' betrachtet.
Ringsherum, wohin man sieht,
alles wächst, gedeiht und blüht.
Auf dem vorder'n Blumenwieschen
geht mit Mutterstolz das Lieschen.
Und zu Friedericks Entzücken
gleich mit dreizehn kleinen Kücken.
Noch 'ne Menge andre Hennen
eiligst um die Wette rennen,
denn der stolze Meister Gockel
hat oben auf dem Kompoststockel
ein' dicker Wurm in eigner Sache
und ohne Hilfe an der Mache.
So versucht man von der frischen

Beute auch was zu erwischen.
Seit Bastian auch Gräser frisst
sein Befinden besser ist.
Die Übel von vergang'nen Tagen
ihn nur noch recht selten plagen.
Für regelmäßige Bewegung
kam Friederick zur Überlegung,
dass, statt Lasten selbst zu tragen,
man mit einem kleinen Wagen
und den Bastel im Gespann
so manches sich erleichtern kann.
So fühlt er sich als Frieders Stütze
nun endlich auch zu etwas nütze.
Nach einer langen Trauerzeit
ist nun auch Dagobert bereit,
sich dem Frieder anzuschließen,
wenn's drum geht, ein Wild zu schießen
oder einfach nur so schön
durch Wiesen, Feld und Wald zu gehn.
Nur das Entenparadies
unten auf der Kirschbaumwies'
ist für Dagobert tabu,
denn Max lässt keine Störung zu.
Mit Sperberaugen tut er's hüten,
um seine Weibchen, die dort brüten,
von Ärgernissen zu verschonen,
damit sie's ihm mit Nachwuchs lohnen.
Zum Bummeln hat Max keine Zeit,
er ist jetzt mehr für Häuslichkeit.
So hat von Tante Maudes Tierchen
schlussendlich jedes sein Pläsierchen.
Ziege Grittes Missgeschick
entwickelt sich zum Mutterglück,
und für Frieder wird's daneben

Käse, Milch und Butter geben.
Selbst Kater Mauz hat eingesehen,
dass auf Mäusejagd zu gehen
gar nicht ohne Reize ist,
man dabei das Leid vergisst.
Er macht Visite, oft von Dauer,
bei der Miez vom Nachbarbauer.
So möcht' am End' der Friederick
auch für sich ein wenig Glück.
Jetzt, wo alles hübsch und schön,
will auch er auf Brautschau gehn.

GLÜCK IM UNGLÜCK

Bartel, Susi und die Kinder
fanden alle fünf nicht minder,
dass Auswanderung ganz ohne Frage
in der allgemeinen Lage
die allerbeste Lösung wäre.
In familiärer Atmosphäre
plante man nun tagelang,
manchmal heiter, oft auch bang
für eine Zukunft in der Fremde.
Schön wär's, wenn man Ruhe fände
von all den Widerwertigkeiten,
die seit Langem sie begleiten.
Den vielen Sorgen zu entrinnen
gäb' ein frohes Neubeginnen
fern von Pfändung und Ermahnen.
Man könnte in entspannten Bahnen
sich endlich wieder frei bewegen.
In der Tat, es wär' ein Segen.
Freilich muss man wissen w i e.
Auf gut Glück verlass dich nie!
Freiheit - ist das Zauberwort
von so manchem, der vor Ort
für ferne Länder werben tut.
Man sei mächtig auf der Hut
vor solchen, die mit höchst monströsen
Belobigungen und pompösen
Angeboten für perfekte
fernländische Verkaufsobjekte
versuchen, durch vereinte Kräfte
ihre lohnenden Geschäfte
mit Erfolg zum Ziel zu führen.

Nebst den saftigen Gebühren
bezahlt man meist im Voraus schon
vom Festpreis einen Teil davon.
Dann reist man hin und schaut sich's an
und ist mächtig angetan
von der schönen Liegenschaft.
Sie ist gänzlich und wahrhaft
gerade d a s, wovon man träumte.
Damit man nicht die Frist versäumte
und weil man die Besitzerrechte
gern in seine Hände brächte,
kehrt mit hektischem Beeilen
man den Tausenden von Meilen
entfernten Wunderland den Rücken,
um mit prickelndem Entzücken
nun auch völlig ohne bangen
jene schnellstens zu erlangen.
Hat man sie dann fest in Händen,
lässt man's nicht dabei bewenden.
Man geht, nun schon mit etwas Ahnung,
ganz gezielt an gute Planung.

Die Kinder, Bartel und die Suse
begannen anfangs noch konfuse,
später dann mit Mordsentzücken,
ihre Koffer zu bestücken.
Bald schon war es dann so weit,
dass sie alle wie befreit
mit Zuversicht das Land verlassen,
um in der Fremde Fuß zu fassen.
Des Hausverkaufes Überschuss
und dann noch das, was durch Verschluss
man stets im Sparschwein aufbewahrte,
nun ein Leben offenbarte,

wie man es seit Langem wollte.
Dem Schicksal großen Dank man zollte.
Vorderhand noch, später aber
wird mit heftigem Palaver
man die Lage noch verfluchen
und überall nach Rechte suchen
in einem fernen Tropenland,
wo man nur selten Rechte fand.

Wegen knappen vierzehn Tagen
hat das Schicksal zugeschlagen.
Drei Käufer für das schöne Land
der Makler in der Heimat fand.
Von den Dreien war's der Letzte,
der zuerst das Land besetzte.
Weil gar viel am Recht ihm lag,
ließ er schleunigst den Vertrag
durch intensives Draufbestehen
mit ein paar Stempelchen versehen.
Feinsäuberlich und allesamt
durch das Kreiskatasteramt
jener Tropenlandkommunen.
Ließ dann auch das Landvolumen,
auf Genauigkeit versessen,
von Eck zu Eck exakt vermessen.
Nur zwei kurze Wochen eher,
und Bartel wär' dem Himmel näher.
Dennoch blieb ein kleines Bisschen
vom erträumten Paradieschen.
Es zeigte sich, dass der Gewinner,
aus Mitleid oder was auch immer,
oder weil er fair es fand,
ihm ein Landstück zugestand.
Nicht sehr groß, doch immerhin

war es wahrlich ein Gewinn.
Später kam dann noch der Dritte
mit einem Teil in ihre Mitte.

HEIMAT IN DER FREMDE

Egal mit welchem Argument
man sich von seiner Heimat trennt,
es bleibt ein Schritt ins Ungewisse.
Bedenklichkeit verdrängen hieße,
sich auf ein Wagnis einzulassen.
Mit kluger Planung sich befassen
ist dabei stets unumgänglich.
Für guten Rat sind unempfänglich
jene, die mit ungeheuer
starkem Drang nach Abenteuer
die Gefahr heraufbeschwören
und dann später sich empören,
wenn gar vieles ungeahnt
nicht so läuft, wie man's geplant.
Oft versucht man unbequemen,
scheinbar leidigen Problemen
in seiner Heimat zu entgehen.
Durch die Frustration entstehen
die Begehren auszuwandern,
um in einem völlig andern
Land mit großem Selbstvertrauen
eine Zukunft aufzubauen.
Das ist ja alles schön und gut,
aber leider Gottes tut
und kann man nicht so nach Belieben
die Schuld nur auf die Heimat schieben.
Wo immer du auch hinentschwindest,
überall und immer findest
du auf dieser weiten Welt
etwas, was dir nicht gefällt.
Und wo immer du auch bist,

das Vaterland man nicht vergisst.
Man braucht die Heimat in der Fremde
wie der Kardinal sein Hemde.
Wie unser Nachbar, ein Franzose,
der, auf eine rigorose
Art und Weise konsequent,
alles Fremde aberkennt.
Man fragt sich oft, warum der bloß
sich aus Vaterlandes Schoß
einfach so und über Nacht
in Richtung Tropenland gemacht.
Wo seit Jahren er schon lebt,
aber immerzu bestrebt,
nach vaterländischen Manieren
sein Erdendasein fortzuführen.
Es ist erstaunlich, wie er's schafft,
in einer doch so sagenhaft
diversen Welt zurechtzukommen.
Alles stört ihn, ausgenommen
seine nähere Umgebung.
Die hat er sich mit Überlegung
und mit vollem Vorbedacht
zur zweiten Heimat sich gemacht.
In seinem Reich ist er zufrieden.
Ein paar Dinge, die von drüben
er ins fremde Land gebracht,
Verbundenheit noch stärker macht.
Die Fahne von der »Grande Nation«
flattert unaufhörlich schon
seit dem allerersten Tag.
Zwar verwittert, doch vermag
sie etwas Heimat und daneben
Vaterlandsgefühl zu geben.
Ein jeder Ausgewanderter

und irgendwo Gestrandeter
hat auf irgendeine Art
sich Heimattradition bewahrt:
Der Seppel aus dem Südtirol
fühlt sich ausgesprochen wohl,
wenn er traditionsgemäß
seinen Wein aus dem Gefäß
aus urgroßväterlicher Zeit
in sichtlicher Behaglichkeit
zu Gemüte führen kann.
Gelegentlich kommt's dann und wann
trotz Genuss doch irgendwie
zu einem bisschen Nostalgie.
Er kann sie einfach nicht verdrängen,
denn an jenem Weinkrug hängen
doch allerlei Erinnerungen.
Bis heute ist's ihm nicht gelungen,
jene restlos zu vertreiben.
Die Sehnsucht wird wohl immer bleiben.
Auch der Duft von frischem Heu
erzeugt beim Seppel stets aufs Neu,
aufs Tirolerland bezogen
Nostalgie in sanften Wogen.
Wie dem Seppel, so geschieht
es Hansen aus dem Ruhrgebiet.
Der hat sein Heim sich hochbeglückt
mit altem Mobiliar bestückt.
Mittels riesigem Container
hat sein Hausrat er mit jener
typisch deutschen Sparsamkeit
der fernen Heimstatt angedeiht.
Hansen ist damit zufrieden.
Im trauten Kreise seiner Lieben
und mitten in den Altertümern

gibt es nichts um sich zu kümmern.
Und wenn der Tropenholzwurm nistet,
im Bettgestell sein Dasein fristet,
wenn's vor Motten nur so wimmelt,
durch Feuchtigkeit der Teppich schimmelt,
egal, für ihn bleibt's bis zum Ende
ein Stückchen Heimat in der Fremde.
Der Heimwehschweizer von der Fluh
denkt Tag für Tag und immerzu
an sein fernes Vaterland,
von wo er einst so schnell verschwand.
Heute kommen ihm die Tränen
schon allein nur beim Erwähnen
der Schweiz, in irgend einer Form.
Das Heimweh plagt ihn ganz enorm.
Als junges Bürscherl zog er los,
verließ des Vaterlandes Schoß
mit Selbstvertrauen ohne Schranken
und ohne mulmige Gedanken.
Es geht ihm gut, auch heute noch,
doch jetzt im Alter fehlt ihm doch,
und zwar je länger desto mehr
die einst verlass'ne Heimat sehr.
Er hat sie früher nicht entbehrt,
doch heutzutage er vermehrt
an längst vergang'ne Zeiten denkt,
Gedankengänge rückwärts lenkt.
Auf dem Feierabendbänkchen
schmiedet er so manches Ränkchen.
Mit genügend Fantasie
glaubt er, statt in der Prärie
auf der hohen Fluh zu sein,
denn wenn beim Abendsonnenschein
gezackte weiße Wolken stehn,

kann er Schneegebirge sehn.
Auch ich komm langsam in die Jahre.
Doch auf eine annehmbare,
höchst begrüßenswerte Art
wird das Heimweh mir erspart.
Natürlich gab's und gibt es Zeiten,
ich kann's auf keinen Fall bestreiten,
wo nicht auch mir die Heimat fehlt,
doch im Allgemeinen zählt
ganz einfach die Zufriedenheit,
die mir mein Dasein angedeiht.
Bei mir sind es die Blumenkästen,
die Jahr für Jahr an ihren festen
Plätzchen meine Fenster zieren,
das Elternhaus vor Augen führen
und durch bunte Blütenpracht
die Fremde mir zur Heimat macht.

LUST AUF ABENTEUER

Kräftig auf die Pauke hauen,
endlich einmal sich getrauen
ein Abenteuer zu erleben.
Etwas aus den Angeln heben,
nicht immerzu das Einerlei.
Das Leben geht so schnell vorbei.
Das wollten Herbert, Frank und Walter,
drei Kegelbrüder, die in alter
Freundschaft sich zusammentaten
und nach reichlichem Beraten
und vielem Hin-und-her-Gemache
schließlich dann in punkto Sache
einer längstgeplanten Reise
auf vereinte Art und Weise
und in annehmbarem Rahmen
prompt auf einen Nenner kamen.
Wochen später, völlig einig,
sie bermudahosenbeinig,
weißbesöckelt, urlaubsmäßig,
mit kunterbunten Hemden lässig
durch die Stadt Manaos zogen.
Anfangs noch recht ausgewogen,
später dann schon etwas dreister.
Nach ein paar Tagen war man Meister
in perfektem Kokettieren.
Um den Mut nicht zu verlieren,
ging man äußerst burschikos
auf das Abenteuer los.
Eine hübsche Kaffeebraune
hielt den Herbert für geraume
Zeit in ihren süßen Fängen.

Frank blieb anderweitig hängen
und verschwand für ein paar Tage.
Als eine echte Urlaubsplage
entpuppte sich das Girl vom Walter.
Schon am zweiten Abend prallt' er
mit ihrem Ehemann zusammen.
Fazit: Ein paar üble Schrammen,
ein gebroch'nes Nasenbein.
Dabei hatte er noch Schwein,
dass ihm keine Zähne fehlten.
Beinah unaufhörlich quälten
durch das böse Missgeschick
ihn starke Schmerzen im Genick.
Die hielten ihn für Urlaubs Rest
auf dem Krankenlager fest.
Wie lief es denn mit Franks Affäre?
Walters Niederlage wäre
für ihn das reinste Zuckerlecken.
Welch schauderhaftes Mordserschrecken!
Die Maid entfleucht ihm durch die Masche
mit dem Geld aus seiner Tasche.
So wurd' die Zeit dort in Manaos
zu einem regelrechten Chaos,
denn nebst dem Geld, das war kein Spaß,
fehlte auch der Reisepass.
Jenen wieder zu erlangen
war ein leidig Unterfangen.
Durch das lausige Gelump
liefen Spesen nur auf Pump.
Schon beizeiten jeden Morgen
musst' Herbert für die andern sorgen.
Walter konnt' sich nicht bewegen,
und als einen Urlaubssegen
war das schreckliche Geschehen

beim Frank nun auch nicht grad zu sehen.
So versucht er es zu mildern.
In freier Bahn herumzuwildern
war die längste Zeit gewesen.
Fortan gab es nur noch Spesen
für sich und seine beiden Kumpel.
Mit noch reichlichem Gehumpel
erreicht der malträtierte Walter
beim Rücktermin den Abflugschalter.
Auch der gute alte Frank
war auf seine Weise krank.
Er hatt', statt Schmerzen zu erdulden,
einen Buckel voller Schulden.

MAXELS PROJEKT

Der gute Maximilian
zäumt das Pferd von hinten an,
als er, man weiß nicht wie's kam,
von seiner Heimat Abschied nahm.
Das Wohin war ziemlich klar,
jedoch war recht sonderbar
jene wundersame Fracht,
die mit Maxel über Nacht
die schöne Vaterstadt verließ.
Man sagte sich, dass er gewiss
irgendwo in Urwalds Nähe
für sich 'ne bess're Zukunft sähe
und dass er jene heikle Fracht
mit gezieltem Vorbedacht
mit auf diese Reise nahm.
So war es auch, doch leider kam
es ganz anders wie geplant.
Der gute Maxel nicht erahnt',
in was für eine schiefe Lage
ihn jenes Frachtgut just am Tage
seiner Ankunft bringen wird.
Auf dem Airport, ganz verwirrt,
durch Unverstand in Not geraten,
stand er in höchst desolatem
Zustand wie der Ochs am Hang,
völlig aufgelöst und bang.
Doch was war an jener Fracht,
das ihm solche Sorgen macht?
Ein paar Rasseschweine waren's,
aus der Zucht von Herrn von Ahrens,
also eine Kostbarkeit,

wo selbige man weit und breit
in jenem fernen Tropenland
bestimmt nicht ihresgleichen fand.
Und gerade dessentwegen
wollt' Maxel einen Grundstein legen
für eine edle Schweinerasse,
ohne Fehl und höchster Klasse.
Doch keinesfalls im Hotel Ritz!
Für so was braucht man Landbesitz.
D a s war es eben, was ihn quälte.
Dieses Stückchen Land, das fehlte.
Dermaßen auf die Zucht versessen,
wurd' das Wichtigste vergessen!
Ach herrje, was könnt man nun
gegen diesen Mangel tun?
Ein netter Botschaftsangestellter,
sechzig oder etwas älter,
erbot dem Maxel vorderhand
auf einem kleinen Stückchen Land,
das vor Zeiten er erworben,
für die Ferkelchen zu sorgen,
bis Maxel selber etwas Land
in näherer Umgebung fand.
Das wurde dann auch schnell gefunden
und so nahm er unumwunden,
da ihm ja nichts andres blieb,
die Schweinezüchtung in Betrieb.
Doch so einfach war das nicht.
Maxel auf Erfolg erpicht
kam trotz aller Mordsbemühung
mit Schwierigkeiten in Berührung.
Erstens einmal war's das Klima.
Für Maximilian echt prima.
Jedoch für die Borstentiere

durch die Tropenhitze schiere
unüberwindbar unerträglich.
Die Entwicklung äußerst kläglich.
Durch das ungewohnte Wetter
wurd' man magerer, statt fetter.
Zweitens war es die Umgebung,
die trotz sachgemäßer Pflegung
immer wieder Ärger brachte,
den Erfolg so schwierig machte.
Das gemischte Allerlei
von Ungeziefer, nebenbei
noch viel exotisches Getier,
das den Ferkeln, allen vier,
das Erdendasein arg erschwerten,
ihnen Wohlergeh'n verwehrten.
Maximilians Begehren
hin zum freudigen Vermehren
von seinem edlen Borstenvieh
war vorderhand nur Utopie.
Später erst, durch Fremdverkehrung,
kam's unerwartet zur Vermehrung.
Der Eber von der Nachbarsfarm,
gut entwickelt, aber arm
an annehmbaren Qualitäten
setzt dem leidigen Verspäten
der Trächtigkeit ein brüskes Ende,
brachte ganz abrupt die Wende
in die edle Schweinezucht.
Der gute Maxel war versucht
einen Mordsskandal zu starten
und dem Nachbar alle Arten
und in riesengroßen Mengen
Schimpfereien anzuhängen.
Durch ein kleiner Rest Verstand

so nach und nach sein Zorn verschwand
und machte Platz für neue Planung.
Niemand hatte eine Ahnung
von Maxels dummen Missgeschick.
Was so auf den ersten Blick
als Katastrophe ihm erschien,
brachte aber immerhin
eine Anzahl junge Schweine,
gut geraten, wenn auch keine
edlen Borstentiere mehr.
Für den Maxel war es schwer
das Missgeschick zu akzeptieren.
Doch einfach so den Kopf verlieren,
bringt in keinem Fall was Gutes.
Frisch drauflos und guten Mutes
und trotz des Misserfolges heiter
betrieb er seine Züchtung weiter.
So wurde äußerst konsequent
das Muttertier vom Rest getrennt.
In einer von den Einzäunungen
lebte es mit ihren Jungen.
Während die zwei Unberührten
ein höchst beschütztes Dasein führten,
wurd' das Männchen aufgepäppelt.
Und beim Eide, man veräppelt
den Maxel nicht ein zweites Mal!
Schon in Kürze wird die Zahl,
das hatte er sich fest geschworen,
denn alles war noch nicht verloren,
auf das Doppelte sich steigern.
Sollt' sein Eber sich noch weigern,
Edelferkelchen zu zeugen,
müsst' man sich dem Schicksal beugen
und völlig ohne sich zu kränken

die Schritte hin zum Nachbar lenken.
Dort steckte ja der schon Bewährte,
der verflossene Gefährte
der fidelen Schweinemutter,
die bei ordentlichem Futter
ihren Nachwuchs stramm ernährte.
Und eben dieser schon Bewährte
könnte munter weiter werken,
um Maxels Schweinezucht zu stärken.
So wäre es dann eben nur
Halbedelrasse, nicht mehr pur.
Ein Edelordinärgemix
wär' allweil besser noch, wie nix!!
Heut' hat Maxel viele Schweine,
aber eben leider keine
Spur mehr von der Zucht der Ahrens.
Vor zwanzig Jahren noch da waren's
vier, die Maxel Hoffnung machen.
Heut' kann er darüber lachen!

OHNE FLEISS KEIN PREIS

Bruder Bonifazius
kam eines Tages zum Beschluss,
dass alleine nur mit stetem
sturen Rosenkränze beten
die Welt man nicht verändern kann.
Irgendwie muss dann und wann
der Mensch auch irgendetwas werken,
um sein Ego zu bestärken,
oder wie in seinem Fall
einfach zwischendurch einmal
sich aufs Menschsein zu besinnen
und mit werken zu beginnen.
Der äußerst rege Bonifaz
dachte beinah täglich, dass
in der großen, weiten Welt
für ihn ein echtes Wirkungsfeld
doch sicherlich zu finden sei.
Bonifaz war schon dabei,
vorderhand noch in Gedanken,
fantasievoll, ohne Schranken
seine Zukunft neu zu planen,
jedoch ohne zu erahnen,
dass in allernächster Zeit
durch klösterliche Obrigkeit
man beschloss, dass die Begehren
in Betracht zu ziehen wären.
In einer fernen Diözese
wäre jener kapriziöse
Franziskanermönch am Platz.
Dort könnte sich der Bonifaz
wie so viele andre schon

in katholischer Mission
als guter Christenmensch bewähren
und dem lieben Gott zu Ehren
und der Kirchenwelt zum Ruhm
viele gute Dinge tun.
So wurde Bonifazius
an den Rio Grande Fluss
weit weg in's ferne Tropenland
mit Gottes Segen hinentsandt.
Gänzlich auf sich selbst gestellt
in jener völlig fremden Welt,
wurd's ihm anfangs ziemlich bange,
aber dennoch allzu lange
dauerte das Bangen nicht.
Durch Tatendrang war er erpicht,
möglichst bald mit ein paar Dingen
sukzessive zu beginnen.
Es wurde ihm, Gott sei gepriesen,
eine Hütte zugewiesen.
Verwitterte Adobewände
wurden Bonifaz am Ende,
nachdem sie ihm das morsche Dach
des Regens wegen siebenfach
mit frischen Palmenwedeln deckten,
zur geradezu perfekten
Unterkunft, zwar arm, doch ganz
nach Vorbild von dem heil'gen Franz.
Als erste Handlung, das war wichtig
und seiner Meinung nach auch richtig
wäre, rundherum ein Garten
mit allerlei Gemüsearten
für sein Leibwohl anzulegen,
denn auch Gottesmänner pflegen
sich angemessen zu ernähren.

Er wollte dort mit ungefähren
vaterländischen Manieren
die Ernährung weiterführen.
Zudem könnte so ein Garten,
wenigstens wär's zu erwarten,
für die Indiokommunen,
mit da und dort noch ein paar Blumen,
als inhaltsreiches Vorbild dienen.
Später könnte er mit ihnen,
je nachdem wie stark der Wille,
mit einer endlos großen Fülle
von aller möglichen Ideen
in Richtung Fortschritt weitergehen.
Bruder Bonifazius
kam aber klug gedacht zum Schluss,
niemals etwas aufzuzwingen,
denn nur so konnt' es gelingen.
Die Idee war gut, vom Garten.
Doch Erfolg ließ auf sich warten.
Das kommunale Federvieh,
das unverschämte, das noch nie
einen Stall von innen sah,
war ausgerechnet immer da,
wo Bonifaz auf Keimung harrte.
War sie da, man kräftig scharrte,
so, dass bis zum letzten Bisschen
die Entwicklung von Radieschen,
Spinat, Salat und Blumenkohl,
die er doch so hoffnungsvoll
seinem Magen zugedachte,
durch Gescharr zunichte machte.
Da tat echte Abwehr Not!
Die Hoffnung auf sein täglich Brot
in Form von nährendem Gemüse

wurd' mit einem Mal durch diese
rüde Federviehmanier
zerstört und hätt' am Ende schier
einen Riesenstreit entfacht
und Dauerdiskrepanz gebracht,
als Bonifazen kurz entschlossen
mit selbstgebastelten Geschossen
sich der Invasion erwehrte,
dem Hühnervolk den Krieg erklärte.
Nur durch intensives Schlichten
war Beruhigung zu sichten.
Als man allerseits kapierte,
dass er nicht im Schilde führte,
das Hühnervolk mit so bigotten
Killmethoden auszurotten,
half man ohne lang Gebaren,
hilfsbereit, im Schnellverfahren,
durch dicht gesetzte Bambusstangen
eine Zäunung zu erlangen.
Einige paar starke Hände
brachten Rettung und das Ende
von Ärger und Disharmonie
durch unverschämtes Federvieh.
Noch war nicht alles ausgestanden.
Immer wieder war vorhanden,
was sich Schwierigkeiten nannte
und Zufriedenheit verbannte.
Durch Präsenz von Ungeziefer,
oft in Riesenmengen, lief er
nächtelang durch seinen Garten,
konnt' es beinah nicht erwarten,
die Schmarotzerbrut zu sichten,
um dann schnellstens zu vernichten,
was so nimmersatt und dreiste

genüsslich seine Saat verspeiste.
Durch Blätterfraß der ganzen Sippe
waren morgens nur Gerippe
noch vom grünen Kohl vorhanden.
Die Strünke ganz erbärmlich standen
in Reih und Glied, total abstrakt,
durch wütenden Zerstörungsakt.
Um eben jenes zu vermeiden,
musst' nachts er sich die Zeit vertreiben
mit unermüdlich Wacheschieben
beim Kohl, Salat und bei den Rüben.
In jede Ecke, kreuz und quer,
schob er die Lampe vor sich her.
Mit der andern Hand das fix
ausgetüftelte Gemix
aus Asche, Lauge, Eselpinkel
versprühend bis in letzte Winkel.
Mit Erfolg, so wie es schien,
denn später kam dann immerhin
an jedem zweiten Tag schon frisch
das Gemüse auf den Tisch.
So nach und nach kam's zum Gelingen,
und er konnt' mit andern Dingen
nebenher sich noch befassen,
die Zügel etwas locker lassen,
was Gartenarbeit anbelangte.
Nach Kommunikation verlangte
es ihn, je länger desto mehr.
Er dachte sich, wie schön es wär',
wenn ab und zu mal jemand käme,
an seinem Leben Anteil nähme.
Im Klösterchen von Emmerstede
war die ganze Zeit die Rede
von einem Pater Dominik,

der sein künftiges Geschick
in getreue Hände nähme
und die ziemlich unbequeme
Reise hin zum Bonifazen
trotz den leidigen Strapazen
und der auferlegten Bürde
allvierteljährlich machen würde.
Nun war bereits schon Überzeit.
Vom Priester aber weit und breit
nicht die allerkleinste Spur.
Für Bonifaz Enttäuschung pur!
Mit den Indios vom Ort
konnte er in einem fort
auf radebrechend irre Weisen
den guten Willen zwar beweisen,
und mit Händen und mit Füßen
und mit Dauermimik ließen
sich Dinge schon in ungefähren
Äußerungen schon erklären,
doch für eine Unterhaltung,
fließend und nach Freigestaltung,
war's trotz angewandter Müh'
zu jenem Zeitpunkt noch zu früh.
So hoffte Bruder Bonifaz
mit schierer Ungeduld, auf dass
schon bald in allernächster Nähe
dieses Wunder auch geschähe
und der Pater Dominik
durch ein gütiges Geschick
den Weg zu ihm nun endlich fände.
Sehr viel später, fast am Ende
schon des zweiten Vierteljahres
an einem späten Abend war es,
als für ihn fast himmelsnah

das Ereignis dann geschah.
Zu Pferde kam er angeritten!
Für Bonifaz ganz unbestritten
ein Anblick allererster Güte,
der seinem kindlichen Gemüte,
wenn auch nicht ganz, doch immerhin,
als halbes Wunder schon erschien.
Frisch drauflos ganz ohne zaudern
begann man stundenlang zu plaudern.
Über dies und über jenes.
Es war ein äußerst angenehmes
und fröhliches Beisammensein.
Am Ende kam man überein,
dass noch vieles trotz der Schwere
mit Nachsicht zu erzielen wäre.
Manchmal war es schon recht schwirig,
wenn Bonifazius begierig
und mit Hoffnung auf Gelingen,
etwas Neues beizubringen,
nur Unverständnis ernten konnte,
man mit Starrsinn ihn belohnte.
Durch witzige Demonstration
kam's im Allgemeinen schon
zu gewissen Interessen,
waren jedoch meist vergessen,
bevor es zur Vollendung kam.
Doch Bonifaz, der Gute nahm
die Eskapaden wie zuvor
die vielen andern mit Humor.
Andersrum lief's mit dem Garten.
Anfangs wollte man noch warten
und sehen, was der Mönch so trieb.
Man auf Abwehrstellung blieb.
Aber später, siehe da,

als man all die Dinge sah,
die in seinem Garten sprossen,
wollten auch die Dorfgenossen
allesamt, mit Kind und Kegel
den geringen Wissenspegel,
was Gemüse anbelangte,
nun, wo man den Zweck erkannte,
durch Interesse steigen lassen,
mit Gartenarbeit sich befassen.
Vor allem waren es die Kinder.
Die Erwachs'nen etwas minder,
die täglich in der Erde wühlten
und wie Bonifazen fühlten,
wenn die ausgesäten Samen
wundersam zum Keimen kamen.
Schaffte man es bis zum Reifen,
trat ein neues Unbegreifen
noch viel stärker in Erscheinung.
Man war allgemein der Meinung,
dass all die reifen Gartenfrüchte
zwar ganz schön, wenn man sie züchte,
aber jene auch zu essen
wär' doch etwas zu vermessen.
Bonifazius erkannte,
was Gemüse anbelangte,
dass vorderhand ganz offenbar
noch kein Erfolg errungen war.
Doch was könnt' man gegen diese
Flut von reifendem Gemüse
in aller Schnelle unternehmen?
Würd' sich mittels unbequemem
Holzgefährt durch Pampaland,
durch Buschgebiet und allerhand
sumpfige Gefahrenzonen

der Weg in Richtung Kreisstadt lohnen?
Denn nur dort, so schien es ihm,
könnte man doch immerhin
mit Vermarktung es versuchen
und vielleicht Erfolg verbuchen.
Großer Gott, es wär' ein Segen!
Um noch lang zu überlegen,
war er aber nicht bereit.
Es war allerhöchste Zeit,
das Unternehmen schnell zu starten
und nicht noch länger abzuwarten.
So kam es, dass der Bonifaz
mit verbeultem Eisenfass
auf wackeligem Fahrgestell
und einem willigen Gesell
hoffnungsvoll und äußerst dreiste
in die nahe Kreisstadt reiste.
Das einzigartige Gespann
nach ein paar Meilen schon begann,
durch die ungewohnten rüden
Anstrengungen zu ermüden.
Ein mühevolles Unterfangen!
Die beiden Reisenden begannen
die Entscheidung zu bereuen.
Hoffnung auf Erfolg zerstreuen
doch immer wieder die Bedenken.
Stetig weiter stur sie lenken
das Gefährt dem Ziel entgegen.
Endlich dann, mit Gottes Segen,
erreichten sie nach ein paar Stunden
durch die Plackerei geschunden,
abgehetzt und völlig matt
die verheißungsvolle Stadt.
Gleich bei Ankunft, noch am Rande

jenes Städtchens kam zustande,
was Bruder Bonifazius
durch Gemüseüberfluss
schon vor Tagen sich erplante.
Jedoch keineswegs erahnte,
dass ihm jene heikle Bürde
so schnell schon abgenommen würde.
Es kam, weil just an jenem Morgen
das alltägliche Versorgen
der Stadt durch eine Wegblockade
unterbrochen – und gerade
da, wo sie den Ort erreichten,
die Blockierenden mit leichten,
aber doch schon sichtbar klaren
Aufhebungen tätig waren.
Und gerade dessentwegen
kam's den Menschen dort gelegen,
als der gute Bonifaz
seine Ware aus dem Fass
rasch, damit sie nicht verderbe,
in die mitgebrachten Körbe
schön geordnet arrangierte,
was zu einem Andrang führte,
wie er nie zu träumen wagte,
was ihm einerseits behagte,
anderseits doch ziemlich viel
von einem mulmigen Gefühl
in seinem Innersten entfachte
und Gewissensbisse brachte.
Als Jünger von dem heil'gen Franz
war Bonifazius doch ganz
auf Not und Armut eingestellt,
und Gemüsehandel fällt
in die Rubrik des Geldverdienens.

Die vielen Kunden aber schienen's
als gegenteilig aufzufassen.
Füllten ordentlich die Kassen,
ermunterten ihn mehr und mehr
zu einer raschen Wiederkehr.
Das versprach er mit Vergnügen.
Bonifaz in vollen Zügen
seinen Mordserfolg genoss.
Er wusste ja, im Garten spross,
wuchs und reifte das Gemüse.
Durch Weiterkultivieren ließe
sich so manches noch erzielen.
Bonifaz dacht' an die vielen
unverwirklichten Projekte.
Der Verkaufserfolg erweckte
einen starken Tatendrang.
In seiner Fantasie begann
er euphorisch ausgelassen
sich mit Dingen zu befassen,
die sich bis vor kurzer Zeit
durch jene Mittellosigkeit,
die das Mönchsein mit sich brachte,
allerhöchstenfalls nur sachte
in seinen schönen, wunderbaren
Träumen zu erzielen waren.
Florierender Gemüsehandel
brachte nun gewissen Wandel
in Bonifazens Existenz.
Dieser öffnete vollends
Tür und Tor für seine Pläne.
Ganz besonders alle jene,
die dem lieben Gott zu Ehren
baldmöglichst zu erzielen wären.
Eine Kirche wollt' er bauen.

Zuversicht und Gottvertrauen
und ein emsig Weiterwerken
sollten seinen Plan bestärken,
auf dass niemand ihn gefährde.
Auch sollten in geweihter Erde
alle, die dahingeschieden,
an einem kühlen Platz in Frieden
und in aller Stille ruhn.
Sein ganzes Denken, all sein Tun
war auf dieses Ziel gerichtet.
Durch Gemüseanbau sichtet
Bonifaz in allen Dingen
vielversprechendes Gelingen.
So plant und kalkuliert er wacker
mit Blick auf Kirch' und Gottesacker.
Man pflügte, säte und man pflanzte.
Duzende von Beete stanzte
sich jedermann aus seinem Land.
Am Werken man Gefallen fand.
Die Idee von der Kapelle
brachte steigerndes Gefälle
vom Nichtstun hin zum eifrig Treiben.
Mitten auf der Strecke bleiben
war die längste Zeit gewesen.
Ohne langes Federlesen
macht' man unverzüglich sich
an den ersten Spatenstich.
Auch der letzte Mann kapierte,
dass Produktion zu Wohlstand führte.
Nicht zu Reichtum, das versteht sich.
Einfach vorwärts, frei und redlich
zu bess'ren Lebensqualitäten.
Und auf dieses Ziel hin säten
sie stetig weiter ihr Gemüse.

Eine lange Liste ließe
sich mit Dingen anzufert'gen,
die den heut' allgegenwärt'gen,
hart erkämpften Fortschritt zeigt.
Bonifazens Leben neigt
allmählich sich dem End' entgegen.
Fern der Heimat, abgelegen
wird das Dorf am großen Fluss
für Bruder Bonifazius,
nach langem Wirken hier auf Erden,
zur letzten Ruhestätte werden.

ONKELS ZWEITER FRÜHLING

Hat man einmal die Idee
auszuwandern, ach herrje,
kommt so manches auf dich zu.
Es spricht sich rum, und dann im Nu
kommt man, um dich zu beäugen,
um sich selbst zu überzeugen,
ob's bei dir noch richtig tickt.
Jeder hält dich für verrückt.
Auswanderung ist doch für viele
Irreleitung der Gefühle.
Beim Jonas war es einfach nur
die Idee, noch keine Spur
von einem ausgemachten Ziel.
Bei ihm war Schwärmerei im Spiel.
Ein gewisses Möchtegern,
nichts Konkretes und noch fern
von einem festgelegten Plan.
Wenigstens bisher, doch dann
gerade durch die Mordsproteste
der Verwandten wollt' er feste
mit fernen Ländern sich befassen,
die Besserwisser reden lassen.
Irgendwo in Urwalds Nähe
er für sich die Zukunft sähe.
Am liebsten, dachte sich der Jonas,
ginge er zum Amazonas.
Irgendwo in warmer Zone,
an einen Ort, wo es sich lohne,
den Lebensabend zu verbringen
und dabei vor allen Dingen
nach eigener Fasson zu leben.

Das war sein einziges Bestreben.
Jonas war schon über siebzig.
Die Verwandten äußerst spitzig
auf einen nahen Abgang lauern.
Nun, das wird noch etwas dauern,
denn kräftig fühlte sich der Jonas,
unternehmungslustig, sodass
bestimmt ein vieles noch an Jahren
in Zukunft zu erwarten waren.
Es verging nur wenig Zeit,
bis Jonas mit Entschlossenheit
an die große Reise dachte
und konkrete Pläne machte.
Vieles war ins Aug' zu fassen,
denn die Heimat zu verlassen
war keineswegs ein Pappenstiel.
Es stand gar vieles auf dem Spiel.
Doch endlich war es dann so weit.
Mit Mut und Zuversicht gefeit
machte er sich unverwandt
in Richtung Amazonas Strand.
Alle, die zu Haus' geblieben,
lamentierten übertrieben
und je länger desto mehr
hinter Onkel Jonas her.
Das war ja echt ein Meisterstückchen,
sich still und heimlich zu verdrücken.
Wohl wusste man so ungefähr,
das Erraten war nicht schwer,
in welche Richtung er verschwand.
Es wurden bald schon allerhand
diverse Reiseunterlagen
tatsächlich schon nach ein paar Tagen
überall verstreut gesichtet.

Jeder fühlte sich verpflichtet.
Da er ja ganz offenbar
nicht mehr recht bei Sinnen war,
über Onkel Jo's Verbleiben
diskrete Forschung zu betreiben.
Der Erste war sein Neffe Klaus.
Jener bracht' am schnellsten raus,
wo der gute Onkel steckte.
Die farbenfrohen Glanzprospekte
vom Gebiet des Amazonas,
die Hinterlassenschaft vom Jonas,
erweckten auch beim Klausen just
ungeahnte Reiselust.
So entstand denn der Entschluss,
hin zum Amazonasfluss
in wichtiger Mission zu reisen,
um den ausgeflippten, greisen
Onkel Jo vor allen Dingen
wieder zur Vernunft zu bringen.
Doch da hat er sich geirrt.
Jonas keineswegs verwirrt
durch die fremden Lande zog.
Im Gegenteil, denn er erwog
ziemlich dreiste und verwegen
und so absolut entgegen
seinem sonstigen Verhalten,
sein Leben froh sich zu gestalten.
Schon bei der Ankunft war ihm klar,
die Vergangenheit, die war
für ihn die längste Zeit gewesen.
Ohne langes Federlesen
und mit sichtlichem Vergnügen
genoss er frei in vollen Zügen
jene neue Lebensart

voller Frohsinn und gepaart
mit etwas Leichtsinn hier und dort.
Natürlich nicht in einem fort.
Nur ab und zu und ziemlich lässig
und obendrein nicht regelmäßig.
Onkel Jonas aufzufinden
war für Klaus dann in gelinden,
sachten Worten ausgedrückt
ziemlich stressig und verrückt.
In Wahrheit war es noch viel schlimmer.
Hätte er's geahnt, wär nimmer
er auf die Idee gekommen,
so frei drauflos und unbesonnen
hinter Jonas herzulaufen.
Beinah war's zum Haare raufen.
Zwar erst später, nach der Landung,
und auch erst, nachdem die Fahndung
nach seinem Onkel relativ
in gewünschtem Rahmen lief
und schlussendlich dann auch glückte,
das Treffen immer näher rückte.
Erst dann begannen arge Zeiten
voller Widerwertigkeiten.
Zu einem Äußern seiner Meinung
kam es nie, denn in Erscheinung
trat der gute Onkel nicht.
Ganz auf Lebensfreud' erpicht
und auf Dinge, die ihn locken,
war er früh schon auf den Socken.
Neffe Klaus war aber eher
ein muffeliger Spätaufsteher.
Noch vor der ersten Morgenröte,
überlegte er sich, böte
es ihm die Möglichkeit zu lauern,

hinter hohen Backsteinmauern
und dicht gewachs'nen Rosenhecken
möglichst gut sich zu verstecken.
Die Bereitschaft, es zu wagen,
kam allmählich, erst nach Tagen.
Wie er denn so lauerte,
hinter Hecken kauerte,
ohne groß sich zu bewegen,
war ein lästiges Sichregen
von allen Seiten her zu spüren.
Kaum noch fähig sich zu rühren,
durch Erschrecken wie erstarrt,
der gute Klausen drauf beharrt,
da es sich zu schützen galt,
in seinem Heckenhinterhalt
sich möglichst ruhig zu verhalten,
um den fiesen Nachtgestalten
unbehelligt zu entgehen.
Viel war nicht davon zu sehen.
Doch kamen sie dem Heckenspäher
ganz bedrohlich immer näher.
Mit einem Male wurd' ihm klar,
dass es kein Gesindel war.
Schleunigst kam er auf die Beine,
doch zu flüchten wäre reine
Zeitverschwendung nur gewesen.
Ohne langes Federlesen
ging man äußerst rigoros
auf den Übeltäter los.
Zwei Paar bärenstarke Hände
brachten höchst abrupt das Ende
von seinem heiklen Unternehmen.
In einer feuchten, unbequemen
modrigen Gefängniszelle,

angepflockt für alle Fälle,
brachte man ihm allerlei
Gesetzesparagrafen bei.
Das war äußerst ungemütlich.
Statt dass Neffe Klaus sich gütlich
und mit allerhöchster Wonne
unter warmer Tropensonne
an einem Strande niederließe,
was schöne Urlaubszeit verhieße,
wurde er dazu erkoren,
hinter Mauerwerk zu schmoren.
Die Verteidigung war dürftig,
durch sein Status unterwürfig,
und durch starke Sprachprobleme
war es keine angenehme
Unterhaltung mit Niveau.
Man hätte just grad ebenso
an eine Mauer reden können.
Verständnis war ihm nicht zu gönnen.
Seine eigene Version
wurd' im großen Ganzen schon
nicht kategorisch abgetan.
Mit der Zeit kam's dann und wann,
nach ausgedehnter Untersuchung
zu einer positiven Buchung
auf das Konto von dem Neffen.
Lange Zeit im Hintertreffen,
hoffend auf ein gutes Ende,
kam dann aber doch die Wende
mit einer plötzlichen Entlassung.
Seine Allgemeinverfassung
kam durch jenen Mordsbeschluss
nun wieder wesentlich in Schuss.
Für ein striktes Weitermachen,

ganz gezielt in punkto Sachen
oberster Priorität,
war's bestimmt noch nicht zu spät.
Nur musst' man eben wissen w i e.
Die Heckenspäherstrategie
gehörte zur Vergangenheit
bis in alle Ewigkeit.
Die Nächte taugten sicher mehr
zum Spionieren, und daher
schien es Klausen angebracht
das Glück schon in der nächsten Nacht
kurz entschlossen zu versuchen
und vielleicht Erfolg zu buchen.
Ziemlich spät schon, so um zehn,
nach einem langen Dauersteh'n,
so ungefähr sechsviertelstündig,
wurd' der Neffe endlich fündig.
So einfach, als wär nichts gewesen
als nur kümmerliche Spesen,
wollte er sich nicht ergeben,
und vor allen Dingen neben
dem Onkel Jonas herzugehen
war eigentlich nicht vorgesehen.
Die Neugier packte ihn enorm.
Sie ging Hand in Hand konform
mit aufgestauten Aggressionen.
Sicher würde es sich lohnen
Onkel Jonas zu beschatten,
um später sich dann zu gestatten,
seine Meinung fix in klaren
Worten ihm zu offenbaren.
Die Beschattung lief perfekt
ohne Panne und direkt
mitten rein in das Vergnügen.

Onkel Jo in vollen Zügen
die neue Lebensart genoss.
Nun wär' es Zeit zum Angriff, bloß
es ging nicht so, wie er sich's dachte.
Eine zornig angebrachte
Näherung war ihm verwehrt.
Jonas sichtlich sehr begehrt
in gewissen Damenkreisen
ließ, um selbst sich zu beweisen,
von einem ganzen Stab von schönen,
flotten Frauen sich verwöhnen.
Eine hübsche Kaffeebraune
hielt Onkel Jo bei guter Laune
durch Fütterung von kleinen Häppchen.
Mit zupfen von den Ohrenläppchen
war eine andere beschäftigt.
Eine Weitere bekräftigt
und unterstützte diese Taten
in wohlproportionierten Raten.
Sie zupfte einmal hier, mal dort,
sie zupfte einfach immerfort,
mal oben, hinten, links, mal recht's,
und der alte Jonas lechzt
immer mehr nach Nettigkeiten.
Dem Klaus dagegen war's im Breiten
und im Ganzen ziemlich peinlich.
Allzuübertrieben kleinlich
war auch *er* noch nie gewesen,
jedoch ein Levitenlesen
am rechten Ort, an richt'ger Stelle
wär' gewiss auf alle Fälle,
mit gezieltem Vorbedacht
höchst berechtigt angebracht.
Schwierig war es mit dem Jonas!

Immer in Begleitung, sodass
mit Erfolg ganz offenbar
noch lange nicht zu rechnen war.
Von schleichendem »in Deckung gehen«,
ohne Horizont zu sehen,
wollte Klausen nichts mehr wissen.
Ganz abrupt, wie abgerissen
war dann plötzlich das Begehren,
Onkel Jonas zu bekehren,
alles andere als wichtig.
Onkel war bereits schon süchtig
auf das ausgeschweifte Leben.
Aus Angst, es würde nichts mehr geben,
was ihn noch erfreuen könnte,
er im Alter sich nun gönnte,
was früher nicht zu haben war.
Für den Neffen wurde klar,
dass Onkel Jonas nie und nimmer
eine Rückkehr, wie auch immer,
in Betrachtung ziehen würde.
Jene zentnerschwere Bürde,
den Onkel wieder heim zu bringen,
wurd' ihm durch das Nichtgelingen
seines Planes abgenommen.
Ein freudiges Nachhausekommen
nach all den irren Firlefanzen
man im Großen und im Ganzen
trotz dem Fehlen von dem Jonas
(jener blieb am Amazonas),
nachdem er das »Warum« erklärte,
ohne Vorwurf ihm gewährte.

PICK UND ZWICKEL

Im Möbelwerk Gebrüder Nickel
steh'n Oskar Pick und Jakob Zwickel
seit über fünfzehn Jahren schon
tarifgemäß im Stundenlohn.
Das Geldverdienen, das muss sein,
das sieht sogar Herr Zwickel ein,
obschon er täglich mit Verdruss
sich neuen Mut erkämpfen muss
für einen langen Arbeitstag
mit Oskar Pick, den er nicht mag.
Seit Jahren schon sind Zwistigkeiten,
Boshaftigkeit von beiden Seiten,
Neid und Missgunst und so weiter
Picks und Zwickels Wegbegleiter.
Und wenn man muss tagaus, tagein
durch Arbeit stets beisammen sein,
so tut das an den Nerven nagen
und ist oft kaum noch zu ertragen.
Dem einen tut es nicht so sehr,
dafür dem andern umsomehr
betrüblich aufs Gemüte schlagen,
sodass an manchen tristen Tagen
Herr Zwickel nicht zur Arbeit geht
und deshalb oft im Minus steht.
Dieser Zustand nimmt am Ende
dann doch noch eine gute Wende,
als durch den Inserateteil
des Kirchenblättchens »Frohes Heil«
ein Angebot von erster Güte
dem angeschlagenen Gemüte
doch wieder Kraft und Freude bringt

und seine Seele neu beschwingt.
Man kann, so steht's im Inserat,
durch Kauf, sehr preiswert von privat,
zwei große schöne Landparzellen
mit Weidegras und frischen Quellen,
für Schafe, Ziegen, Legehennen
im fernen Land sein Eigen nennen.
Das interessiert nun Zwickel sehr.
Von Tag zu Tag noch etwas mehr.
Er träumt von Freiheit und von Glück
weitab von Möbelwerk und Pick.
Es lockt das ferne Abenteuer
mit aller Macht, ganz ungeheuer.
So geht er alsdann mit Elan
ganz ernsthaft an die Sache ran,
und balde schon, da sieht man ihn,
mit Sack und Pack von dannen ziehn.
So ist er denn dem Urwald nah
im Süden von Amerika,
wo er vergnügt und wohlgemut
auf seinem Lande leben tut
und wie er hofft, für alle Zeiten
weit ab von Picks Gehässigkeiten.
Oft denkt er an sein Tantchen Jute,
Gott hab' sie selig, diese Gute.
Weil sie mit ihrer übertriebenen
Sparsamkeit, den Hinterbliebenen,
wer will's den Glücklichen vergönnen,
ein Sümmchen hat vererben können.
Auch i h m hat sie, mit Vorbedacht,
ein guter Teil davon vermacht.
Trotz Erbschaft hat für Müßiggang
bisher Herr Zwickel keinen Drang.
Den ganzen Tag nun werkelt er

auf seinem Höfchen hin und her.
Schon zeitig muss er jeden Morgen
sein liebes Federvieh versorgen,
Enten, Puten, Gänse, Hennen
den ganzen Tag nach Futter rennen.
Schafe, Ziegen, Borstentiere,
deren gibt's bereits schon viere,
hinterm Hause die Kaninchen,
unterm Mangobaum die Bienchen,
die in Kästen wohl geborgen
fix für guten Honig sorgen.
Oft denkt er sich, es wäre nett,
wenn er gute Nachbarn hätt',
denn das Landstück weiter drüben
ist bislang noch frei geblieben.
Doch irgendwann, auf alle Fälle
auch die zweite Landparzelle
sich mit Menschen und mit Tieren
wie geplant wird etablieren.
Inzwischen geht das Leben weiter
mit Arbeit stets, doch froh und heiter,
bis eines Tages aber dann
ein Ereignis, recht profan,
den Fortbestand der heilen Welt
ganz und gar in Frage stellt.
Ein Schreiben von Herrn Zorbenitzer,
dem Landparzellenvorbesitzer,
ganz und gar die Ruhe stört
aufs Allerhöchste ihn empört.
Er schreibt, ich seh's als eine meiner Pflichten,
Sie davon zu unterrichten,
dass ich die zweite Landparzelle
durch das Kirchenblatt von Zwelle
endlich hab' verkaufen können.

Der Erfolg sei mir zu gönnen
und auch Ihnen wünsch' ich Glück
zu Ihrem Nachbarn Oskar Pick!
Das geschah vor langer Zeit
und immer noch sind sie zu zweit.
Doch zu einer Harmonie
kam es bei den beiden nie.
Zwar gibt's kein Streit,
doch auch kein Frieden,
sie sind sich einfach Feind geblieben.

PIONIERE DER NEUZEIT

Aus einer Großstadt kamen sie
und hatten demzufolge nie
mit Landwirtschaft sich abzugeben.
Bis dahin war das Bestreben
nach vorne, bis zur höchsten Spitze
für Gabriele und für Fritze
alleroberstes Gebot.
Alles war so weit im Lot,
bis dann Fritzens Patentante
zu ihren Erben sie ernannte.
Es war niemand sonst vorhanden,
der die Farm am Fuß der Anden
hätte übernehmen wollen.
Also musste Dank sie zollen,
dass beide sich dazu entschieden,
denn sie waren höchst zufrieden
in ihrem schönen Heimatland.
Doch der gute Fritzen fand,
ein Versuch wär's allweil wert.
Mit dem Mordsbeschluss beschert
er seiner lieben Patentante
eine heimatzugewandte,
seit Jahren schon ersehnte Reise
auf ungewohnte Art und Weise.
Seit Onkels Tod, die gute Tante
ihre Pflichten aberkannte.
Sie hatte das Alleinsein satt
bis obenhin und deshalb, statt
auf das Land sich zu besinnen,
wollte sie der Pflicht entrinnen
und ihre wohlverdiente Ruh'.

Destotrotz, sie ließ nicht zu,
dass d a s, was sie einst aufgebaut,
verfällt – und so vertraut
sie feste und aus tiefster Seele
auf Fritzen und auf Gabriele.
Wie der Ochs am Berge standen
die beiden nun am Fuß der Anden
und wussten nicht, womit beginnen.
Doch zu langem Sichbesinnen
hatten beide keinen Trieb.
Da ihnen ja nichts andres blieb,
nahmen mutig sie mit Würde
zielbestrebt die erste Hürde.
Die bestand aus einem wacker
Unkrautzupfen auf dem Acker.
Tiere gab es dato keine
Das war gut so, denn alleine
der Gedanke an das Vieh,
das man später irgendwie
und zweckbedingt zu haben hatte,
damit das saftig grüne, satte
Gras auch mal gefressen würde,
wurd' für sie zu einer Bürde.
Das täglich kräftig Senseschwingen
konnt' Fritzen nicht zum Unmut bringen.
Das Vorhandensein der Ställe
hatte zwar auf alle Fälle
irgendetwas zu bedeuten.
Auf den Nachbarsfarmen freuten
sich die Menschen über Tiere.
Den beiden aber wurd' es schiere
mulmig, nur daran zu denken.
Um vom Viehzeug abzulenken
werkelten sie stur, doch wacker

auf der Wies' und auf dem Acker.
An den schnurgeraden Reihen
erkannten sie, dass ein Gedeihen
von Pflanzen noch aus Tantes Zeit
bar jeglicher Erkennbarkeit
doch kräftig und ganz offenbar
mit Erfolg im Gange war.
Nach Wochen schon war man gescheiter.
Die Blätter wurden runder, breiter,
die Pflanzen fingen an zu knollen
und wurden schließlich dann zu vollen
kerngesunden Futterrüben.
Das konnte sie zwar nicht betrüben,
doch gerade dessentwegen
kam es dann zum Überlegen,
ob es nicht doch ratsam sei,
einfach so und nebenbei
ein paar Schafe zu besorgen.
Schon am übernächsten Morgen
nach intensivem Überlegen
kam's zum emsigen Sichregen
in- und außerhalb der Ställe.
Das bracht' steigerndes Gefälle
hin zum echten Farmerleben.
So tat sich sukzessiv ergeben
wie es vorgesehen war.
Für die Beiden wurde klar,
nur mit mutigem Versuchen
konnte Fortschritt man verbuchen.
Mit den Schafen lief es prächtig,
problemlos und erfolgsverdächtig.
Nach den Schafen kamen Pferde,
später eine kleine Herde
von ein paar kessen, weißen Ziegen.

Hin zu Großvieh abzubiegen
oder gar zu ein paar Schweinen
ließen sie sich strikt von keinem
der netten Nachbarn überzeugen.
In Richtung Hühner hin zu äugen
kam schon eher in Betracht.
Und wie gedacht, so auch gemacht.
So war das bunte Federvieh
dann noch das Tüpfchen auf dem i.
Heute geh'n sie schon gebeugt.
Sie sind beide überzeugt,
auch noch jetzt nach fünfzig Jahren,
dass es gute Zeiten waren
und dass sie dort, am Fuß der Anden,
ein erfülltes Leben fanden!

REISE OHNE WIEDERKEHR

Sehnsucht nach dem Vaterland
so mancher schon durch Unverstand
und obendrein ganz unbestritten
durch Selbstverschulden hatt' erlitten.
So wie dereinst Eugen Franz.
Seit Jahren schon war jener ganz
auf noblen Lebensstil versessen,
den er kolossal vermessen
unbedingt erzielen wollte.
Seit jeher haderte und grollte
er dem Schicksal ganz enorm.
Mit seinem Dasein nicht konform
gingen all die schönen Sachen,
die das Leben heiter machen.
Er träumt von Palmen und von Strand
in einem fernen Tropenland,
von Sonnenschein und Hulamädchen.
Wie schön wär' es, wenn er das Rädchen
der Zeit zum Stehen bringen könnte.
Er, der Möchtegerne, stöhnte
vor lauter unerfüllter Träume.
Besorgt, dass er das Ziel versäume,
zog der gute Eugen Franz
eines Tages die Bilanz.
Und so kam er akkurat
zu dem festen Resultat,
dass balde einmal fix und juste
irgendwas geschehen musste.
Man sagte Eugen Franzen nach,
er wäre klug, und so versprach
er sich von einer guten Planung,

zwar vorderhand noch ohne Ahnung,
von d e m, was er zu tun gedachte,
dennoch eine angebrachte
Lösung hin zu seinem Ziel
in Richtung noblem Lebensstil.
Viel Wasser lief den Bach hinunter
bis der Eugen Franz, mitunter
beinah zur Verzweiflung neigend,
dann wiederum Tendenzen steigend,
hin zu einem ausgeheckten,
seiner Meinung nach perfekten
vielversprechend guten Plan,
die Dringlichkeit in Angriff nahm.
Freitagnacht durch vorgetäuschte
Überstunden, was er bräuchte
für ein Leben mit Niveau,
er sich frei und einfach so
aus dem Panzerschrank der Firma,
in Nichtpräsenz von Fräulein Irma,
der allerobersten Instanz
für firmeneigene Finanz,
seine leeren Taschen füllte.
Samstag früh um acht umhüllte,
als wenn er schon am Ziele wäre,
ihn bereits die Atmosphäre
und der Flair der weiten Welt.
Allen andern gleichgestellt
in des Airports Wartehalle
fühlt er sich in keinem Falle
wie ein mieser Außenseiter.
Bei einem schönen Stückchen weiter
hin zum oft erträumten Ziele
waren mulmige Gefühle
oder vielleicht gar gewisse

leidige Gewissensbisse
nun wahrhaftig nicht von Nöten.
Jene, wenn vorhanden, böten
Platz für dummes Fehlverhalten,
und für Eugen Franzen galten
die Regeln aller Schuldbewussten,
die je ihr Land verlassen mussten.
Als nach freiem Wochenende,
am Montagmorgen, recht behände,
Fräulein Irma durch die Pflichten,
ihre Arbeit zu verrichten,
sich des Panzerschranks bemächtigt
und dann voll und ganz berechtigt
mit der Leere konfrontiert,
beinah den Verstand verliert,
fühlte Eugen Franz bereits
die mächtige und allerseits
spürbar herrliche Versuchung.
Nicht zuletzt auch durch die Buchung
einer Suite der Superklasse,
dort, wo noble Menschenrasse
schon seit jeher sich vereinte.
Der gute Eugen Franzen meinte
vor lauter Übermut zu platzen.
Nach den leidigen Strapazen
der letzten stressgelad'nen Tage
entspannte sich nun seine Lage.
Bei allzu großer Euphorie
weiß im Vornherein man nie,
ob sie sich auf Zeit erhält
oder bald in nichts zerfällt.
Was lief denn hinter den Kulissen?
Recherchierte man verbissen
den Tatbestand nach allen Seiten?

Allzu große Müh' bereiten
würd' das Recherchieren nicht.
Man kannte ja den Bösewicht
mit allen nur erwünschten Daten.
In echte Schwierigkeit geraten
konnte Eugen Franzen leicht.
Durch angewandte Tricks erreicht
man heutzutage jede Ecke.
Die entferntesten Verstecke
waren oft nur mit gelinden
Anstrengungen aufzufinden.
Durch solch' schreckliche Gedanken
kam Zufriedenheit ins Wanken.
Mit einem Male durch Verstand
der kluge Eugen Franzen fand,
es war doch etwas zu vermessen,
moderne Technik zu vergessen.
So wurde also das Verweilen
im Nobelhotel mit Beeilen,
nachdem er die Gefahr gerochen,
für alle Zeiten abgebrochen.
Nun begann der Eugen Franzen
sich hinter Mauern zu verschanzen.
Statt in der Suite der Nobelklasse
lebte er nun in der Masse
und künftig nur noch voll gestresst.
Die permanente Angst verlässt
den Geplagten nur noch selten.
Durch diesen Missstand trennten Welten
ihn vom einst ersehnten Traum
und hatte dessentwegen kaum
noch Ähnlichkeit mit jenem Leben,
das er hoffte zu erstreben.
So hatt' für ihn mit einem Mal

das geraubte Kapital,
das zwar gut gedacht und klug
er stets an seinem Körper trug,
den wundervollen Reiz verloren.
Es schien, als wär' er auserkoren,
statt in Saus und Braus zu leben,
durch unaufhörliches Bestreben
sich im Hintergrund zu halten,
sein Dasein triste zu gestalten.
Aus! Der Traum vom Wunderland,
von Segelyacht und Palmenstrand.
Für noble Lebensqualität
war's für Eugen Franz zu spät.
Fortan galt es sich zu schützen,
öde Tage auszunützen,
um die Zukunft neu zu planen.
Ein unaufhörliches Ermahnen,
sich stets im Hintergrund zu halten,
undurchsichtigen Gestalten
möglichst aus dem Weg zu gehen
und Gefahr vorauszusehen.
Ach! Was war das für ein Leben!
A l l e s hätt' er hergegeben,
um, statt *so* dahinzukriechen,
wieder Heimatluft zu riechen.

TANTE TRINCHEN ALS VORBILD

Genauso wie der Onkel Jonas
vom Gebiet des Amazonas
geht es auch dem alten Heiner.
Nur, bei ihm, da gibt es keiner,
der sich um ihn Sorgen macht.
Es wäre auch nicht angebracht,
denn bei ihm gibt's nichts zu hohlen.
Wie der Jonas einst verstohlen
sich auf seine Reise machte
und damit Tumult entfachte,
so verschwindet auch der Heiner
mit fixen Plänen, doch in keiner
Art und Weis' vergnügungssüchtig.
Er will versuchen, sich noch tüchtig
am Arbeitsleben zu beteil'gen.
Schön gemütlich, ohne eil'gen
Entschlüsse, wo und wie auch immer.
Ein kleines Häuschen, zwei, drei Zimmer,
ein hübsches, schön gepflegtes Gärtchen
mit Katze, Hund und Gartenzwergchen,
wie er stets er sich's erträumte.
Jetzt im Alter überschäumte
geradezu sein Wunschbegehren.
Freilich kommt er nicht mit leeren
Taschen plötzlich angereist.
Sein hoher Kontostand beweist,
dass der Heiner offenbar
stets fleißig und auch sparsam war.
In einer Zeitschrift beim Barbier
liest er etwas, wo er schier
vor Begeisterung zerplatzte.

Durch jenen Mordsartikel fasste
er den Entschluss, sich zu verändern.
In irgendeinem von den Ländern,
wo die Sonne öfter lacht
und die Menschen fröhlich macht.
Schwarz auf weiß stand's im Artikel,
dass für wenig Geld ein Stückel
gutes Land zu kaufen sei.
Äußerst fruchtbar und dabei
in einer guten Urwaldzone,
wo es allemal sich lohne,
den Lebensabend zu verbringen.
Rüstig und vor allen Dingen
tropentauglich müsst' man sein.
Heiner hatte bisher kein
Problem mit großer Sommerhitze.
Natürlich, auf die höchste Spitze
klettern sollt' es möglichst nicht.
Auf Hitzschlag ist er nicht erpicht.
Nun, er lässt sich überraschen.
Mit vollgepackten Reisetaschen
geht er äußerst burschikos
auf das Abenteuer los.
Das Land, für Heiner frei gehalten,
braucht, um schön es zu gestalten,
ein Quantum an bestimmtem Wissen.
Er, natürlich hingerissen
von jener Riesenliegenschaft,
ganz gewaltig, sagenhaft.
Doch von wegen, kleiner Garten!
Hier müsste er sich alle Arten
und jede Menge Kleinvieh halten,
um es richtig zu gestalten.
Er fühlt sich ja noch pudelmunter

und so denkt er sich, je bunter
man das Ganze sich gestaltet,
desto später man veraltet.
Da hat er recht, obwohl zu Hause
war er immer ein Banause
in punkto Landwirtschaft gewesen.
Freilich, ab und zu gelesen
über Hühner und Kaninchen
hat er schon. Bei Tante Trinchen,
da kann er sich noch gut erinnern,
war's ihm wohler draußen wie im Innern
ihres schmucken, kleinen Häuschen.
Heiner und sein Vetter Kläuschen
waren oft bei Tante Trinchen.
Außer Schafe, Hühner, Bienchen
gab es ein Gemüsegarten.
Ihn zu pflegen und zu warten
wurde an manch schönen Tagen
den beiden Jungen aufgetragen.
Zum Unkrautzupfen und dergleichen
würde seine Kenntnis reichen,
auch das Federvieh versorgen
brächte Heiner keine Sorgen.
Etwas Futter hinzustreuen,
um die Hühner zu erfreuen,
hat er früher viele Male,
wenn auch etwas auf banale
Art und Weise schon getätigt.
Dies und andres mehr bestätigt,
dass er diese leichte Hürde
im Handumdrehen schaffen würde.
Mit den Schafen wär's schon schwier'ger.
Die gehn ganz bedeutend gier'ger
an ein gutes Futter ran.

Mit Gras allein war's nicht getan.
Bei der Tante Trinchen selig
hatte damals er unzählig
viele Male, um zu büßen,
die Hinterteile putzen müssen.
Es galt als extra harte Strafe,
die ständig arg verschmutzten Schafe
statt draußen wild herumzuräubern
mit dem Wollestriez zu säubern.
Nun, hier geht es nicht um Strafe.
Diesmal geht es um die Schafe,
die zu halten er gedenkt.
Gedanken er nach Hause lenkt
zu seinem guten Vetter Klaus.
Jener zwar in Saus und Braus
mit einer guten Rente lebt,
aber immerzu bestrebt,
noch etwas Neues zu erleben.
Sicher wär' es nicht daneben,
ihm einen Hilferuf zu schicken.
Ganz bestimmt lässt er sich blicken,
wenn er ihn zu sich beordert.
Heiner fühlt sich überfordert.
Gemeinsam könnte es gelingen
die Sache zum Erfolg zu bringen.
Auf Klaus als »Hans in allen Gassen«
kann man stark sich drauf verlassen,
dass auch vom Schaf er was versteht.
Wie weit jedoch sein Wissen geht,
ist eigentlich für Heiner nichtig.
Sein Erscheinen wär' ihm wichtig.
Der Hilferuf wird angenommen.
Klaus bestätigt ihm sein Kommen
geradezu mit Euphorie,

und Heiner seinerseits wie nie
auf seinem Lande wühlt und werkt.
Durch Klausens Antwort neu gestärkt
geht er ran mit hundert Sachen.
Ach, es gibt so viel zu machen!
Zuerst einmal die Unterkunft.
Die, bis jetzt mit Unvernunft,
es ist ja wirklich kaum zu fassen,
er einfach außer Acht gelassen.
Bis jetzt hat Heiner deplatziert,
mehr schlecht, wie recht im Zelt kampiert.
Nun ist es aber höchste Zeit
für etwas mehr Bequemlichkeit.
Das urig alte Steingemäuer,
das man ihm bar aller Steuer
und ohne Aufpreis überlassen,
wäre, um es kurz zu fassen,
letzten Endes gar nicht übel.
So schleppt er Kübel über Kübel
mit Wasser aus dem nahen Fluss
beinah bis zum Überdruss.
Es wird geschruppt und wird gescheuert,
ausgebessert und erneuert,
Unebenheiten ausgeglichen,
verputzt, gekalkt und neu gestrichen,
und dies alles im Akkord,
täglich und in einem fort.
Heiner ist total k. o.,
aber anderseits auch froh,
dass es ihm so gut gelungen.
Nun muss er schleunigst notgedrungen
noch für ein paar Möbel sorgen,
Vetter Klaus kommt übermorgen.
Au, das ist bedenklich knapp,

Heiner, ausgelaugt und schlapp,
muss sich doch dazu entscheiden,
um Diskrepanzen zu vermeiden.
So fängt er an, schon früh am Morgen
mit Mobiliar sich zu versorgen.
Hier ein Tisch, dort ein paar Stühle,
eine ausrangierte Spüle,
zwei Bettgestelle, recht marode,
eine alte Waschkommode
inklusive Drum und Dran,
so fängt er seine Sammlung an.
Aus zweiter Hand und garantiert
schon vor Zeiten ausrangiert.
Nun, für's Erste wird es gehen.
Später kann man weitersehen.
Schnell noch etwas aufpoliert,
wird die Schäbigkeit kaschiert.
Vetter Klaus ist angekommen.
Ziemlich schlapp und mitgenommen
von der stressgelad'nen Reise.
Sind das wohl schon die Beweise
für ein fortgeschritt'nes Schwächeln?
Der Gedanke bringt ein Lächeln
auf sein faltiges Gesicht.
Doch akzeptieren tut er's nicht.
Auf keinen Fall lässt er dies gelten.
Den guten Klausen trennen Welten
sich von einem Schwächerwerden.
Gerade jetzt will von Beschwerden
er für lange Zeit nichts wissen.
Für ein weiches Ruhekissen
wird man sich bei einem Leiden,
wenn überhaupt, von selbst entscheiden.
Nun heißt's, die Ärmel hochzukrempeln,

nicht noch länger Zeit verplempeln.
So geht man ran, an die Verwandlung.
Ihre allererste Handlung
wird sicherlich in jedem Fall,
einen hübschen Hühnerstall
zu bauen und zu aktivieren.
Das wird zum Eiersammeln führen,
was einen Riesenspaß verspricht.
Schon das allein fällt ins Gewicht.
Eine Tätigkeit, die gängig
und vom Alter unabhängig.
Ein paar kräftige Kaninchen
kann man wie bei Tante Trinchen
in Boxen hinterm Wohnhaus halten.
Rechts die Jungen, links die Alten.
Mit ein wenig sich erinnern
wird man noch zusammenbringen,
wie die gute Tante Trinchen
mit ihren munteren Kaninchen
damals umgegangen ist.
Auch was so ein Hase frisst,
ist zu wissen echt vonnöten.
Dumme Unkenntnisse böten
den beiden Vettern nur Probleme.
Und man will auf angenehme
Weise seine Zeit verbringen.
Nicht mit kniffeligen Dingen
sich das Leben noch erschweren.
Probleme können sie entbehren.
Frisches Gras direkt ab Wiese,
für jedes einen Bündel ließe
zusammen mit den gelben Möhren
das Wohlergehen wohl nicht stören.
Noch etwas Mais dazu gegeben

und alle bleiben sie am Leben,
bis sie dann, dazu erkoren,
gut gewürzt im Kochtopf schmoren.
Ihre Tante Trinchen selig
wird den beiden noch unzählig
viele Male Vorbild sein.
Die Zeit mit ihr hat ungemein
großen Eindruck hinterlassen.
Sie selber können's oft kaum fassen,
dass nach all den langen Jahren
so viele Dinge noch in klaren
Erinnerungen wach geblieben.
So geh'n sie fast schon übertrieben,
als müssten sie Rekorde brechen,
wie damals, als sie noch die frechen
nimmermüden Schlingel waren,
nun im Alter doch mit klaren
Vorstellungen von den Dingen,
mit Hoffnung auf ein gut Gelingen
an die heikle Sache ran.
Klaus und Heiner angetan
Von ihrer umfangreichen Planung,
doch vorderhand noch ohne Ahnung,
w i e und w o zuerst beginnen.
Ein intensives Draufbesinnen,
wie es war mit Tantes Schafen,
abgesehen von den Strafen
mit dem doofen Wollestrizel,
ob nicht doch ein kleines Bissel
von der Fütterung und Haltung
und auch von der Stallgestaltung
in Erinnerung geblieben.
Wenn nicht, so ginge nach Belieben
man kurz entschlossen burschikos

und mutig auf die Sache los.
Irgendwie wird es gelingen,
alles zum Erfolg zu bringen.
Es gelang, und zwar perfekt,
wie geplant und indirekt,
dank der guten Tante selig,
die Heiner und dem Klaus unzählig
viele Male Patin stand.
Auch der gute Klausen fand,
d e n Einsatz war es wirklich wert,
hat ihm Zufriedenheit beschert.

TORSCHLUSSPANIK

Manch einen lockt das Abenteuer
in fernen Ländern ungeheuer.
So zum Beispiel auch Johannes.
Der Gute hat geglaubt, er kann es.
Doch leider wurd' vor Jahren schon
seine große Illusion
vom Wunderland in nichts zerronnen,
der steile Abstieg hat begonnen.
Einst zu Haus im Villenviertel,
heut' lebt er mit Kater Mirtel
in einer schiefen Wellblechhütte
durch Barmherzigkeit und Güte.
Mit Eintritt in den Ruhestand
er von heut' auf morgen fand,
es müsste doch in seinem Leben
noch einmal einen Aufschwung geben.
So wurde er, der einst so tüchtig,
im Alter noch vergnügungssüchtig.
Ganz heimlich, still und über Nacht
hat er sich auf den Weg gemacht.
Und mit ihm ging so allerhand
vom aufgehäuften Kontostand.
Heute tut es ihn betrüben,
dass er fern von seinem lieben,
oft vermissten Vaterland
so ein übles Ende fand.
Das liebe Geld saß ihm zu locker
bei schönen Frauen und beim Poker!
Nicht viel besser ging's dem Rudi
und seiner Gattin Olga Trudi.
Die waren auch nicht mehr die Jüngsten,

als vor Jahren, just zu Pfingsten,
und direkt am Bremer Hafen
sie den Hans aus Chile trafen.
Alle Drei, recht gut betucht
hatten für den »King« gebucht.
Den Sympathien angemessen
war man gänzlich drauf versessen,
bis zum End' die Überfahrt
auf fidele, frohe Art
und gemeinsam zu verbringen.
Man ließ beim Start die Gläser klingen,
und auch später bis nach Santos
gab es noch so manchen Anstoß
mit Likörchen, Wein uns Sekt.
Gar vieles wurde ausgeheckt.
Hans erzählte unermüdlich
von seinen Ländereien südlich
von Santiago – mit Elan.
Die beiden mächtig angetan
von der wahrlich sagenhaften
Belobigung der Liegenschaften.
In Hansens wunderschönem Chile.
Dachten, es wär ganz im Stile
der angestrebten Lebensweise,
wenn sie ihn auf seiner Reise
hin zum Ort der Herrlichkeiten
mit Unbedenklichkeit begleiten.
Man hatte Zeit für das Erleben.
Die Heimat wurde aufgegeben,
alle Brücken abgebrochen,
man fühlte Freiheit in den Knochen.
Hans, begeistert vom Entschluss,
führten dann mit Hochgenuss
die Abenteurer quer durch Chile,

bis zum eigentlichen Ziele.
Man fühlt' sich wohl auf der Hazienda.
Und so ließ man die Agenda
vorerst noch im Koffer liegen.
Irgendwann wird Lust man kriegen,
sie aufs Neue zu studieren,
die Reisepläne auszuführen.
Noch war alles schön und nett so.
Nur, der Hans hatt' was »in petto«.
Irgendwas der Bursche plante,
wovon partout man nichts erahnte.
Oh heiliges Kanonenrohr!
Das kommt doch nur im Kino vor,
was Hansen sich da ausgeklügelt.
Zukunftsfreude ihn beflügelt.
Denn der lausige Stibitzer
war alles andre als Besitzer
der chilen'schen Ländereien.
Er gehörte in die Reihen
der unverbesserlichen Strolche,
die ihr Dasein nur durch solche
ausgemachten Schändlichkeiten
auf bequemste Art bestreiten.
Skrupellos, seit jeher schon,
nützte er die Position
als gutbezahlter Gutsverwalter
hin zum miesen Hauptgestalter
in einem echten Trauerspiel.
Die Rolle ihm sehr wohl gefiel.
Er bot den beiden gönnerhaft
Beteiligung durch Partnerschaft.
Jene überaus erfreut
wollten die Gelegenheit
sich keineswegs entgehen lassen.

Also hoch die vollen Tassen!
Lasst die Gläser hell erklingen
auf ein allzeit gut Gelingen!
Durch Partnerschaftsvertrag »pro forma«
in Präsenz von Donna Norma
und Chinesenkoch Yang Fu
wurd' die Sache dann im Nu
und ohne jeglichen Verdacht
unter Dach und Fach gebracht.
Nur das schöne Kapital
hatte sich mit einem Mal
um ein vieles reduziert.
Doch was soll's, man war saniert
durch solvente Partnerschaft.
Das Gefühl war sagenhaft.
Aber leider nicht von Dauer.
Was dann kam, war kalter Schauer
auf zufriedene Gemüter.
Der Besitzer jener Güter,
der echte, ihnen unbekannte,
sie aus seinem Reich verbannte.
Dies, ein Vierteljährchen später,
nachdem im Lande seiner Väter
er auf Urlaubstrip gewesen.
Ohne großes Federlesen
und ohne jegliche Gewährung
für eine offene Erklärung
tat er es mit Mordsrigor.
Ein paar Tage schon zuvor
hatte heimlich über Nacht
der Hans sich aus dem Staub gemacht.
Die beiden mussten schleunigst flüchten.
Heute tun sie Hühner züchten
auf einem kleinen Stückchen Land.

Nachdem sie einst mit Schimpf und Schand'
aus dem Paradies vertrieben,
ist ihnen nur noch Frust geblieben.

URLAUB MIT TÜCKEN

Heimaturlaub zu genießen
wär' für Leopold und Liesen
nach dreizehn Jahren Tropenleben
eigentlich schon längst gegeben.
Einmal wieder etwas Kühle
wär' das Höchste der Gefühle.
Doch wie oft der Schein so trügt!
Eh' sie, wie gedacht, vergnügt
sich in Uraubstummel stürzten,
Ärger die Vergnügen kürzten.

Bei Liese fing es ganz profan
tatsächlich schon im Flugzeug an.
Jene ließ sich vor der Reise
auf ungewohnte Art und Weise,
vor lauter Eile unbesehen,
Strumpfhosen, Größe zwei andrehen,
deren Zwickel wie erstarrt
trotz Liesens Zerren drauf beharrt,
in seiner Position zu bleiben.
Ersatz war nirgends aufzutreiben,
denn Lies entdeckte den Betrug
erst später, während ihrem Flug,
als sie kurz nach Amsterdam
das Hosenzeug in Usus nahm.
Vom Zwickel bis zum Taillensaum
gab es nun ein hohler Raum,
unausgenützt, total abnorm
und äußerst schief noch in der Form.
Der Hohlraum war gleich nach der Landung
für die strikte Drogenfahndung

trotz allem höflichen Respekt
keinesfalls nur ein Defekt
als Folge einer Fehlentscheidung
bei der Wahl von Beinbekleidung.
Die neuerliche Prozedur
von an- und ausziehn brachten nur
am linken und am rechten Bein
Fallmaschenspuren en gros ein.
Sehr zum Ärgernis der Liesen,
doch die Unschuld war bewiesen.

Nun war es aber höchste Zeit
für eine bess're Kleidsamkeit,
denn Poldi ging nun auch nicht mehr
neben seinem Lieschen her.
Sechs Meter Abstand hielt er wegen
der Beschämung für gegeben.
Wart' nur ab, dacht' sich die Liesen.
Später wirst du mir das büßen.
Und wie gedacht, so auch geschehen.
Praktisch schon im Handumdrehen
kam für Leopold Revanche,
unten auf der Hauptetage,
als der Poldi ganz gezielt
vor einem Wechselschalter hielt.
Dort wurden ihm für seine Noten
einen Umtausch angeboten,
der für Poldi ganz und gar
nicht zu akzeptieren war.
Was, um alles in der Welt,
war denn das für Notengeld?
Leopolden recht verdutzt
dem Handel ganz energisch trutzt.
Er wollte Scheine die seit Jahren

ihm noch im Gedächtnis waren.
Diskussionen hin und her
machten das Begreifen schwer.
Nach einer Weile wurd' ihm klar,
dass es gar kein Irrtum war
und dass seit mindestens fünf Jahren
die Noten schon im Umlauf waren.
Ach herrje, du meine Güte,
das war echt 'ne Bombenniete!
Heimatgefühl, das ihn beglückte,
nun wieder in die Ferne rückte.
Am liebsten wär's ihm, er wär' drüben
bei seinem Rindervieh geblieben.

In neuerliches Hintertreffen
gerieten sie am Bahnhof Pfäffen,
wo Poldi – eh schon desolat -
durch den Billettautomat
der Oberpfäff'schen Straßenbahn
noch einmal in Bedrängnis kam.
Wie der Ochs am Berg er stand,
seine Augen unverwandt
auf den Automat gerichtet,
schauend, ob er Hoffnung sichtet
für eine baldige Benützung,
wobei Lieschens Unterstützung
genauso unerfahren zwar,
doch immerhin recht tröstlich war.
Je intensiver sie so starrten,
stetig auf Erleuchtung harrten,
desto schwerer schien es ihnen
den Riesenkasten zu bedienen.
Früher, noch vor dreizehn Jahren,
die Automaten kleiner waren,

und man konnt' vor allen Dingen,
mit e i n e m Griff zustande bringen,
was man heut' mit fünfen könnte,
wenn Wissen einem es vergönnte.
Lieselchen, die Engagierte,
ihr Steh'n nicht länger expandierte.
Handlung tat vor allem Not,
auf dass sich die Chance bot,
endlich einmal zu erfahren,
wie Automatens Regeln waren.
Mit Argusaugen hin und her
spähte sie, ob irgendwer
ohne Hast des Weges käme,
das Amt des Helfers übernähme.
Doch so einfach war das nicht.
Kein Müßiggänger kam in Sicht.
Doch inzwischen, Gott sei Dank,
fand endlich Leopold den Rank,
wie und ohne Hilfe gar
ein Ticket auszulösen war.

Später dann, nach ein paar Tagen,
gab es wieder Grund zum Klagen,
weil durch Liesens Unverstand
sich neuerlich ein Modus fand,
um mit garstigen Manieren
sie aufs Neue zu frustrieren.
Diesmal ging's, es war zum Klagen,
um Supermarktes Einkaufswagen.
Die standen zwar ganz akkurat
zu jedermanns Gebrauch parat.
Doch man musste wissen wie.
Einst vor Jahren waren sie,
oftmals sogar abgelegen,

auf dem Parkplatz noch zugegen,
oder im extremen Fall
beim Bauer Kunz im Pferdestall,
wo gleich zweie der Entführten
als Futterkrippen existierten,
Jene am besagten Morgen
bereiteten der Liese Sorgen.
Trotz Gerüttel und Gezerre
gab's totale Wagensperre.
Kein Einziger war zu bewegen,
seine Starrheit aufzugeben.
Nach einer Weile ändert sie
hoffnungsvoll die Strategie.
Rechtsrum, kehrt und sehr behände
lief sie stracks ans andre Ende
der verflixten Einkaufswagen.
Doch auch dort war zu beklagen,
was schon vorher ganz und gar
entschieden zu bemängeln war.
Lieschens Frust war urgewaltig,
doch bald darauf kam großgestaltig
der Ladenhelfer Otto Klöten
und half ihr fix aus ihren Nöten.
Jener linste längst von Weitem
auf des Lieschens Schwierigkeiten.
Auf seine Art, mit viel Gebaren
ließ endlich er sie dann erfahren,
wie man rasch und wundersam
zu einem Einkaufswagen kam.
Oh! Wie staunte da die Liesen
als sie sah, dass man auch diesen,
ach, das war doch purer Wahn,
durch Münzeneinwurf nur bekam.
Wer glaubt, dass Heimats Atmosphäre

nach Jahren noch die alte wäre,
hat sich getäuscht, und zwar enorm.
Fast überall sah man Reform.
Meister Köpps Friseursalon
zum Beispiel wurd' vor Jahren schon
so nach und nach und mit der Zeit
zu einem Ort der Lustbarkeit.
Ins Rotlichtmilieu verwandelt,
er das Heimatdorf verschandelt.
Poldis Stammbeiz »Zu den Eichen«
musste einer Disco weichen.
Statt der Gaumenfreud' zu frönen,
gab es »Rock« in lauten Tönen.
Aus Schneidermeisters Atelier
wurd' ein Internetcafé.
Das war eh nicht von Belange,
man kaufte Kleider von der Stange.
Meister Rupp ging mit der Zeit,
das Messband war Vergangenheit.
Man konnte nur noch in gelindem
Maße Dinge wieder finden,
die nach dreizehn Auslandsjahren
unberührt geblieben waren.

Leopolden fand es störend,
Lies dagegen höchst empörend.
Sie fand sich denn auch denkbar schlecht
in der alten Welt zurecht,
zumal bei ihren ehemals
geschätzten Freunden ebenfalls
einiges recht sonderbar
und nicht mehr *so* wie früher war.
So war es denn auch zu verstehen,
dass, wollt' man echte Heimat sehen,

man diese nur im Alpenland
in unverfälschter Weise fand.
Nur dort war sie, wie's ihr gebührt,
größtenteils noch unberührt.
Dort konnten sie, ganz ohne Schranken,
für viele Jahre Heimat tanken.

VOM REGEN IN DIE TRAUFE

Ein guter Grund, um auszuwandern,
ist sicherlich – nebst vielen andern –
jener, wenn man glaubt, man muss.
Der Felix tat's aus Überdruss,
weil in seinem eignen Land
er außer »Heimat« nichts mehr fand,
was ihm liebenswert erschien.
Der Gute hatte immerhin
über zwanzig Jahre schon
sich bei einem Mindestlohn
mit harter Arbeit abgeplagt,
den schönen Dingen oft entsagt.
So fand er, es wär' höchste Zeit
für Ausgleich und Gerechtigkeit.
Bis zur Rente war's noch lang.
Ihm wurd's himmelangst und bang,
wenn er wie so oft schon dachte,
sein Leben könnte still und sachte
und ohne sonderlich Geschehen
einfach so vorübergehen.
Mit d e m, was ihm das Erbschaftsamt
von seinem Erbe zugestand,
ging der Felix kurz und bündig
auf die Reise, siebzehnstündig
bis in's ferne Tropenland,
wo er just den Trubel fand,
den er sich so sehr erträumte,
anfangs beinah überschäumte
durch ein Mädchen erster Güte,
schön, wie eine Lotosblüte
nach vollendeter Entfaltung.

Durch perfekte Wohlgestaltung,
hüfteschwingend provozierend,
blieb er, fast den Kopf verlierend,
in des Mädchens süßen Fängen
ein für alle Male hängen!
Das zu eilig ausgewählte
Dasein brachte ungezählte
Male Ärger und Verdruss
und Frustration im Überfluss,
denn außer seiner Urwaldblüte,
ach herrje, du meine Güte,
gab es mindestens noch sieben,
die dem herzensguten, lieben
Felix auf der Tasche lagen
und durch ständiges Beklagen
ihrer Armut ihn bedrängten,
sein Vorwärtskommen arg beengten.
Das eigentliche Ziel es war,
ein kleines Restaurant, und zwar
in Kollektivität zu führen,
nur in Not am Stock zu rühren.
Doch das war nur Illusion.
In der ersten Woche schon
war Schmälerung bereits gewiss.
Großmutter brauchte ein Gebiss.
Sowohl unten wie auch oben,
denn man lebte nun gehoben
in der guten Mittelschicht,
auf nettes Äußeres erpicht.
Vater Pepe legte ständig,
wieselartig und recht wendig
Hand ans Kapital vom Felix.
Selber hatte er ja eh nix.
Seinem Hängemattenleben

wurd' dadurch Niveau gegeben.
Wie der Vater, so die Söhne.
Jene taten notabene
nur ab und zu was Positives.
Doch was soll's, mit Felix lief es
doch eigentlich recht schön und gut,
auch wenn selber man nichts tut.
Ebenso die Kindeskinder.
Im gleichen Stil, kein bisschen minder
lebten sie auf seine Kosten.
Völlig auf verlor'nem Posten
stand der Felix nun inmitten
einem Haufen Parasiten.
Nun ist Felix über siebzig,
und immer noch tun ihm stibitzig
diese nimmersatten Faulen
sein Rentnerdasein arg vergraulen.
Ach, wär' er doch zu Haus geblieben!
A l l e s würd' er heute lieben
an seinem schönen Heimatland,
wo früher nur Kritik er fand!

WESTERN LIVE ERLEBT

Sigismund ist richtiggehend,
seit jeher schon und stets zunehmend
mit seinem Leben unzufrieden.
Also tut er Pläne schmieden
für ein Dasein im Geleit
mit Lebensfreud' und Heiterkeit.
Die Vierzig knapp nur überschritten
ist er demzufolge mitten
in den allerbesten Jahren,
die bisher ohne Würze waren.
Er braucht Aktion – und zwar ganz zünftig.
Er will vor allen Dingen künftig
nichts als nur noch Abenteuer.
In seinem Herzen brennt ein Feuer
von Sehnsucht und dem festen Willen,
sich seine Träume zu erfüllen.
Als Pferdenarr und Fan von Western,
und dies keineswegs seit gestern,
hält Sigismund es für gegeben
in Persona zu erleben,
wie in echter Atmosphäre
so ein Cowboydasein wäre.
Sein ganzes Hab und all sein Gut
er nach und nach veräußern tut.
Ohne Rücksicht auf Verluste
und trotz Proteste von Auguste,
seinem angetrauten Weibe,
die sich gegen eine Bleibe
im fremden Lande stetig wehrt
und keine Änderung begehrt.
Auguste ist entschieden nicht

auf »Westerntime in live« erpicht.
Doch mit dem lieben Sigismund
in unerträglichem Verbund
zu leben ohne Harmonie,
wär' für Augustine wie
ein Kachelofen ohne Glut.
Sei es drum, mit großem Mut,
widerwillig zwar und bange
bleibt die Gustel bei der Stange.
So geh'n sie denn mit allerhand
Courage Richtung Westernland.
Während er das Lasso schwingt,
tagtäglich s i e um Fassung ringt.
Die Haushaltführung dortzulande
bringt sie bald schon bis zum Rande
der Verzweiflung, mehr und mehr.
Augustine leidet sehr!
Statt Wasserleitung gibt es Quellen
an ziemlich weit entfernten Stellen.
Die Gustel braucht mit etwas Glück
Fünfviertelstund' hin und zurück.
Der Weg durch die Prärie ist wellig
und stellenweise wechselstellig
auf einer unberechenbaren
verschlammten Erdspur zu befahren.
Diese Wasserquellentour
macht sie zweimal täglich stur
mit einem alten Holzvehikel
und Stute Julchen Stück für Stückel.
Jule will oft nicht parieren,
lässt darüber Zeit verlieren.
Mit ihrem störrischen Getue
raubt sie vollends Gustels Ruhe.
Heftig nimmt sie's Julchen übel,

wenn die frisch gefüllten Kübel
mit dem klaren Quellgewässer
die bereitgestellten Fässer
in Augustines Wohnbereichen
nur noch halb gefüllt erreichen.
Oft schlägt auch für Sigismund
dann eine Donnerwetterstund'.
Und zwar kräftig, wie sonst nie.
Bis weit hinaus in die Prärie
hört man Gustels Donnerrollen,
voller Frust und tiefem Grollen.
Recht hat sie, denn so ein Leben
bringt die stärkste Frau zum Beben.
 Auguste ist für nichts zu haben.
All die schöpferischen Gaben,
die seit jeher ihr zueigen,
zu Verkümmerung sich neigen.
Selbst im Werkbereich der Küche
all die feinen Wohlgerüche,
wie sie Gustel stets geliebt,
seit ihrer Ankunft nicht mehr gibt.
So heißt es, in Geduld sich fassen,
doch Gustel nimmt es nicht gelassen.
Täglich fade Blechkonserven
geh'n ihr mächtig an die Nerven.
Trockenobst und Dörrgemüse
laut der Eigenanalyse
bewirken eine schonungslose,
stetig steigernde Psychose.
Unter vielerlei Gefahren
müsst' meilenweit sie stadtwärts fahren,
um durch ein paar frohe Stunden
an Leib und Seele zu gesunden.
Mit Julchen wär'die lange Reise

durch die Prärie in keiner Weise
mit ein paar Stündchen zu bewält'gen,
denn mit ihrem höchst vielfält'gen,
äußerst launigem Gespiele
käme Gustel nie ans Ziele.
Für Sigismund ist alles nichtig.
Nur die Pferde sind ihm wichtig.
Dem Alltag lässt er seinen Lauf,
nimmt Unbequemlichkeit in Kauf.
Bei den Cowboys der Umgebung
kommt es nicht zur Überlegung,
dass man auch noch nebenbei
durch Landwirtschaft so allerlei
Nützliches erzielen könnte,
wenn Landwirtschaft man nicht verpönte.
Sigismund ist aber nicht
auf Eigenproduktion erpicht.
Er kann nur, wie er glaubt, mit Pferden
auf lange Sicht zufrieden werden.
Schluss, mit diesem Hundeleben!
Warten auf Vonselbstsichgeben
will die Augustine nicht.
Taten fallen ins Gewicht.
Denn allein das Däumchendrehen
lässt keine Wunderwelt entstehen.
Und dann fängt Gustel an zu planen.
Keiner konnte je erahnen,
dass aus dieser öden Leere
soviel rauszuholen wäre.
Mit einem Huhn und Nachbars Hahn
fängt sie Selbstversorgung an.
Vom Opa mütterlicherseits
weiß die Gustel schon bereits
seit ihren jüngsten Mädchenjahren,

wie Huhn und Hahn zu halten waren.
Durch nachbarschaftliche Verkehrung
kommt es bald schon zur Vermehrung.
Froh ist sie – und sagenhaft
stolz auf die Errungenschaft.
Doch bleibt es nicht nur beim Geflügel.
Durch pausenloses Ausgeklügel
kommt es auch in andren Dingen
immer wieder zum Gelingen.
Augustine will es scheinen,
dass mit ein paar guten Schweinen
genauso viel, wenn nicht noch mehr
des Guten zu gewinnen wär'.
Zielbestrebt und meisterhaft
sie auch noch diese Hürde schafft,
auf dass später stets aufs Neue
man des Schinkens sich erfreue.
Aus Kindertagen sie noch weiß,
dass bei einer guten Geiß
durch täglich kräftige Ernährung
für lange Zeit – und mit Bewährung -
öfter auch mit etwas List
so allerhand zu holen ist.
Augustines Ersterfahrung
hin zur richtigen Bewahrung
von diesen quirlig lieben Tieren
lässt sie fast den Kopf verlieren.
Lieber ein Sack Flöhe hüten,
sagt sie sich, als auszubrüten,
wann, wo und vor allem w i e
man dies kapriziöse Vieh
ohne weitere Probleme
endlich in den Griff bekäme.
Sie versucht es beinah stündlich.

Ziemlich aufgebracht und gründlich.
Dennoch will ihr nicht gelingen,
Zucht und Ordnung beizubringen.
Kurz bevor sie indigniert
den letzten Rest Geduld verliert,
kommt's durch kluge Überlegung
doch zu Aufschwung und Bewegung
in der kleinen Ziegenherde,
aufdass endlich sie nun werde,
wie die Gustel es sich denkt:
Ein Geißenvölkchen, straff gelenkt.
Das erzielt sie mit Geschick
durch Pflöcke, Draht und festem Strick.
Nun ist endlich Schluss mit zickeln,
jetzt kann Fortschritt sich entwickeln.
Durch ein reichliches Volumen
der Weideflächen kommt's zum Boomen
bei der Milch. Durch Überschuss
schließlich auch zum Hochgenuss
von gesundem Biofutter
wie Joghurt, Käse, Quark und Butter.
Mit ihren kleinen Bimmelglöckchen
tragen Flora und das Flöckchen,
Heidi, Fränzi und Marei
zu ihrem Wohlbefinden bei.
Heimatstimmung sich verbreitet,
durch Gedanken sie begleitet.
Die Gustel blüht so richtig auf,
kann über Frust sich im Verlauf
von all den arbeitsreichen Tagen
ganz gewiss nicht mehr beklagen.
Beim guten Sigismund dagegen
beginnt das Heimweh sich zu regen.
Täglich nur auf Pferdes Rücken

kann auf Dauer nicht beglücken.
Bald schon kommt es zum Begreifen,
dass Westernwelt auf Kinostreifen
in so vielen Dingen nicht
der harten Wirklichkeit entspricht.
Oh, wie plagt ihn das Gewissen
und wie sehr tut er vermissen,
was er kopflos hat verlassen.
Selbstmitleid tut ihn umfassen.
Aus, der Traum vom Abenteuer!
Reue zwickt ihn ungeheuer.
Lass es zwicken, denkt Auguste.
Für sein Handeln ist es juste
d a s, was er zur Strafe braucht.
In Gönnerhaftigkeit sie taucht.
Nein! Das tut sie nicht berühren.
Am eignen Leibe soll er spüren,
wie es ist, wenn Heimweh plagt
und Zukunftsangst am Herzen nagt.
Viele Fäden muss sie spinnen
um ihn zur Vernunft zu bringen.
Mit ein wenig Stolz im Blute
siegt am Ende doch das Gute.
Heute, nach fast dreißig Jahren
sind die möglichen Gefahren
zu Eskapaden überwunden.
Ruhe hat sich eingefunden.
Freilich ist es nicht das Leben,
das Unvernunft ihm eingegeben.
Mit Gustel war's – und ist es noch –
ein Abenteuer aber doch.

EIN ENDE MIT SCHRECKEN

Ein freudiger Entschluss mit andern
gleich Gesinnten auszuwandern
ist, ich sag' es unumwunden,
oft mit Ärgernis verbunden.
Es muss nicht sein, doch kann's passieren,
dass mit garstigen Manieren
man später einen Umgang pflegt,
der mit Freud' sich nicht verträgt.
Statt das Paradies auf Erden
kann's zu einem Albtraum werden.
Der Konrad und sein Kumpel Peter,
Jugendfreunde, und auch später
bis hinein ins Mannesalter
waren sie mit mannigfalt'ger
ungetrübter Einigkeit
zu allen Zeiten stets bereit
für wagemut'ge Unternehmen.
Zu monotonen und bequemen
inhaltslosen Tätigkeiten
konnte niemand sie verleiten.
Langeweil' war unerträglich.
Sie wurden allerseits buchstäblich
als eine Einheit anerkannt,
im selben Atemzug genannt.
Unzertrennlich, auch noch später,
nachdem der Konrad und der Peter
in feste Frauenhände kamen,
kam's mitnichten zum Erlahmen
ihrer Freundschaft – wie sonst üblich.
(Was eigentlich ja stets betrüblich.)
Beim Konrad kam's im Handumdrehen

zum freudigen Geburtsgeschehen.
Beim Peter lief es nicht so eilig.
Diesmal ging man gegenteilig
und ohne Einigkeitsverpflichtung
in individuelle Richtung.
Doch Peter holte kräftig auf,
denn nach späterem Verlauf
von zirka einem guten Jahr
das Manko ausgeglichen war.
Peter lag sogar im Plus
mit einem starken Überschuss.
Es kamen, völlig aus der Reihe
unvermutet dann gleich zweie.
Auswanderung ins Aug' zu fassen
kam allmählich, erst gelassen,
später dann mit Euphorie.
Hätt' man's geahnt, so hätt' man nie
sich auf dieses ungeheuer
stressgelad'ne Abenteuer
eingelassen, und stattdessen
wär' man heute noch versessen
auf möglichst starke Einigkeit.
Doch das Schicksal hielt bereit,
was sie nie und nimmer wollten.
Wenn je im Leben jemand grollte,
so waren es, ganz frustgeladen,
jene beiden Kameraden!
Aber erst, als sukzessiv
einfach nichts mehr so verlief,
wie es früher einmal war.
Freundschaft, die läuft wunderbar
mit gegenseitigem Begrenzen.
Unliebsame Differenzen
durch stetig Aneinanderkleben

sind oftmals nicht mehr zu beheben.
So ging es Konrad und dem Peter,
den beiden mut'gen Übertreter
in ein fernes Tropenland,
wo Einigkeit ein Ende fand.
Das äußerst leidige Geschehen
war eigentlich vorauszusehen.
Gemeinsam etwas aufzubauen
bringt des Öftern einen rauen
Ton ins Allgemeingefüge.
Befremdende Charakterzüge
treten plötzlich in Erscheinung.
Meistens durch geteilte Meinung,
wie sie auf legere Art,
mit Verständlichkeit gepaart,
auch schon früher existierte,
doch nie zu Diskrepanzen führte.
Dort, in jenem fremden Land,
Verständlichkeit man nicht mehr fand.
Es begann mit kleinen Dingen.
Schon allein das Nichtgelingen
von einem klüglich ausgeheckt,
vielversprechendem Projekt
brachte beide auf die Palme.
Und statt frohe Siegespsalmen
beschuldigt man sich gegenseitig,
ziemlich aufgebracht und streitig.
Hin und her und frei nach Noten
in wohlproportionierten Quoten.
Es begannen böse Zeiten
voller Widerwertigkeiten.
Der gute Konrad kam in Rage
als Peters Hühnervolk als Plage,
statt als Segen sich entpuppte.

Der Meilenstein für die abrupte
Entzweiung wurde nicht zuletzt
durch Peters Federvieh gesetzt,
das Zucht und Ordnung strikt verkannte,
durch Konrads Gartenbeete rannte.
Statt im Hühnerhof zu scharren,
dort auf gutes Futter harren,
war man gänzlich drauf versessen,
Konrads Saatgut aufzufressen.
Statt auf ihren Nestern brüten,
überall herumzuwüten
sie ihre Eier stramm verlegten.
Konrads liebe Kinder pflegten
durch kräftemessend irrem Rammeln
sie alle wieder aufzusammeln.
Doch Peters Doppelkindersegen
hatte mächtig was dagegen.
Das ließen sie sich nicht gefallen
und wehrten sich mit Faust und Krallen.
Das brachte stracks die beiden Mütter
wie heftiges Gebirgsgewitter,
von tiefster Streitlust angetan,
dann auch schleunigst auf den Plan,
um mit starkem Aufbegehren
die Fronten möglichst rasch zu klären.
Ähnlich lief es mit den Pferden.
Die ließen Freud' zu Ärger werden.
Da Allgemeingut, fühlte keiner
sich irgendwie in irgendeiner
Art und Weise für die Pflege
von Tier, vom Stall und vom Gehege
zu Verantwortung verpflichtet.
Nur unzulänglich wird verrichtet,
was eben zu verrichten war.

Und wenn man's tat, so tat man's zwar,
doch ohne Lust, recht oberflächlich,
ziemlich latschig und hauptsächlich
nur, wenn man ans Reiten dachte.
Sich als Cowboy fühlen brachte
doch immer wieder eminente
äußerst starke Glücksmomente.
Galoppieren wollte jeder.
Doch wie's so war, da wollte weder
der Konrad noch der liebe Peter
von Anbeginn an und auch später
Verantwortung alleine tragen.
So kam es häufig zum Beklagen,
dies mit garstigem Gequengel
über allerhand von Mängel.
Das gegenseitige Beschulden
war kaum noch lange zu erdulden.
Trennung in Betracht zu ziehen,
um dem Ärger zu entfliehen,
ließ nicht länger auf sich warten.
Entschluss und Handlung offenbarten
den fiesen Widerwertigkeiten
ein nahes Ende zu bereiten.
Konrad zog die Konsequenzen
und begann mit dem Begrenzen
von Land und sämtlichen Gebäuden.
Gute, teure Zeit vergeuden
stand für ihn nicht zur Debatte.
Nach der Gütertrennung hatte
schlussendlich jeder seinen Teil.
Mit diesem Schritt schlug man den Keil
zwar stärker zwischen die Parteien,
brachte aber das Befreien
von Unbill, Ärger und so weiter,

macht' Gemüter wieder heiter.
Das Ganze war schon zu bedauern,
nachdem mit Stacheldraht und Mauern
man radikal den Schlussstrich setzte.
Doch war man – und das nicht zuletzte -
erleichtert und vor allen Dingen
mit Hoffnung auf ein gut Gelingen.